Gaea

GAEA

【夜城系列】

天使戰爭

Agents of Light and Darkness

賽門・葛林（Simon R. Green） 著

戚建邦 譯

夜城系列

天使戰爭

推薦

「喜歡奇幻的讀者可以從充滿想像力的奇幻元素中獲得滿足……而喜歡推理元素的讀者，也可從本書中，得到熟悉的慰藉。」

——知名推理評論家　冬陽

「跨越陰陽、時空錯位的神魔決戰場，都會奇幻和冷硬推理的最佳組合。」

——奇幻文學評論者　譚光磊

「你實在想不到作者的腦子裡究竟裝了些什麼，他的想像力到底爲什麼能如此豐富並且畸形……」

——中文版譯者　戚建邦

「如果您喜歡風格詭異的黑色奇幻，歡迎再度回到夜城的世界。在這裡，時間永遠停留在凌晨三點，所有邪惡的怪物呼之欲出……我實在等不及想看更多發生在夜城裡的冒險故事了。」

——《費城週刊》（*Philadelphia Weekly*）

「故事節奏十分明快，有如建立在陰陽魔界裡的雲霄飛車一般刺激。賽門．葛林創造了一個既恐怖又詭異，但卻趣味十足的奇幻世界，並於其中演義出一段刺激精采的冒險故事。題材非常有趣。」

——《紐約時報》暢銷作家 Jim Butcher

「非常有趣的開頭，極可能成爲一套令人愛不釋手的系列小說。角色的對白常常出人意表，而其創造出來的冒險橋段及場景更是深植人心。夜城的確是個可怕的地方，但是讀者就是忍不住要跟著書中的角色踏入這個世界。」

——《黑門雜誌》（*Black Gate Magazine*）

「賽門．葛林創作出一個精采無比的冒險故事，讓人們忍不住想要進入故事中的奇幻世界一遊。」

——書籍瀏覽人網站（BookBrowser）

夜城系列

天使戰爭

推薦

「夜城系列小說完美融合了洛夫克萊夫特與福爾摩斯的風格。《天使戰爭》是一本刺激的恐怖小說，同時也是一場令人愛不釋手的私家偵探奇幻冒險故事。」

——《中西部書評》（*Midwest Book Review*）

「充滿了各式各樣的超自然生物，刺激精采的動作場景以及會心一笑的黑色幽默，泰勒系列的故事成功地突破了當代主流的中世紀奇幻風格。」

——《編年史雜誌》（*Chronicle*）

「我非常喜歡葛林的第一本以約翰泰勒爲主角的小說，而第二集更是青出於藍。除了正常的私家偵探小說元素之外，還外加了很多驚奇的快感。」

——《編年史雜誌》（*Chronicle*）

「葛林筆下的風格十分獨特，令人欲罷不能……角色個性強烈，極具黑色幽默，通俗的筆法下隱藏著獨特的恐怖氣息，乃是一部絕妙的都會奇幻小說。」

——《綠人書評》（*The Green Man Review*）

「愉快、刺激，動作場面豐富而又非常緊張。」

——《書單雜誌》（*Booklist*）

「如果您喜歡黑色奇幻故事，就請回到夜城的世界裡吧。」

——大學城書評網站（The University City Review）

「夜城的傳奇故事出現重大突破……有如一道作工細緻的佳餚，在葛林這位大廚手中整治的美味無比……非常了不起的一段冒險故事。」

——《科幻評論電子雜誌》（*SFRevu*）

「融合所有經典私家偵探故事元素……葛林天生就是個想像力豐富的說書人。」

——《犯罪狂熱雜誌》（*Crimespree*）

推薦序

孤獨騎士的冒險旅程

推理評論家／冬陽

推理小說這個寫作類型發展之初，有幾項古典原則是不容被輕易踰越破壞的，例如必須講究合乎邏輯的推理解謎、不能運用超能力殺人、不能以非科學方式行凶及破案等等，基本上是一種講求理性與公平性的鬥智遊戲（是偵探和兇手，或讀者和作者間的競賽與對決），甚至因此訂定了所謂「推理十誡」、「推理守則二十條」等書寫原則，以維繫其核心價值。

但慢慢地，當作家關注的題材不再侷限於密室殺人、兇手消失等不可能的犯罪上頭，轉而開始找尋當下社會正發生與被關切的犯罪事件時（真實世界的犯罪者可能從來不去想自密室逃脫這種麻煩事、動腦安排精細的不在場證明、設計細膩又繁瑣的謀殺手段，只需捅一刀開一槍腳底抹油快跑就完結不是比較方便省事嗎？），偵探性格也逐漸自天縱英明的福爾摩斯——一個過去被視爲犯罪諮詢者而非偵查者的貴族地位，逐步往平民的、勞力的、計件計酬也有死亡風險的私家偵探走去。如果要「把謀殺交回到有理由犯罪的人手中，而不僅僅只是提供一具屍體而已」，那麼我們可以合理的認爲與要求，私家偵探就必須去挖掘犯罪的眞相及理由，而不僅僅只是抓出一名（或以上）凶手出來而已，不是嗎？

自美國作家達許．漢密特（Dashiell Hammett）掀起推理小說的美國革命，開啓冷硬派偵探小說的新紀元之後，七、八十年來無數作家延續其精神投入耕耘，使得這一類型中誕生了無數形象各異、風采迷人的私家偵探角色。冷硬私探們必須在黑暗的街頭闖蕩，和邪惡的罪犯周旋，冒著被毒打、痛揍、下藥的生命危險，只爲了達成委託人交付的任務，「爲了討生活，我賣我必須賣的」。他們自有一套道德規範和行事標準，飽經世事、見慣各種齷齪下流的現實與自私的人性，因而具備堅強的意志與冷酷愛譏嘲的個性。

誠如美國冷硬派小說大師雷蒙．錢德勒（Raymond Chandler）在小說《謀殺巧藝》對私家偵探這號人物的一段文字描述：他是英雄，是一切。他必須是一個完整的人，一個普通人，然而是個不凡的人。他必須是——套句老掉牙的話——有榮譽感的人。他的榮譽感是出自直覺，出自必然，無須思考，無須言語。在他著名的《再見，吾愛》一書中，更透過其中一位迷人女性問硬漢私探：「人人都敲你的頭，掐你脖子，揍你的下巴，灌你嗎啡，但你仍舊不屈不撓，直到他們屈服爲止，你爲什麼這麼酷呢？」

當這麼樣一個形象深被讀者熟知的冷硬私探，離開現實來到奇幻世界時，又會呈現什麼樣的性情、能力與面貌？

本書一開始所呈現的就是傳統冷硬派偵探小說的氛圍——身材高眺的金髮美女委託人、牙尖嘴利的落魄酗酒私探、位於廉價地段的破爛辦公室、標準的第一人稱敘事……如果故事不是發生在那個詭異又迷人的異世界「夜城」，還眞會讓人以爲自己正在看的是一本冷硬派偵探小說。就連主角約翰·泰勒對自己的一番描述，也可發現此一類型角色自冷硬派私家偵探延續而來的精神：

——我不是一個隨波逐流的人。我走我自己的路，顧好自己的命，對於榮譽有我自己的一套標準，會搞成如今這個局面並非都是我的錯。我自認是一名浪跡天涯的騎士，然而我解救的公主總在背後捅我，伴隨我的長劍總在龍皮之前破碎，我一生追求的聖杯最後終究淪為威士忌酒瓶。

——自給自足的感覺對我來說非常重要，因為我不想依靠任何人。對於女人，我的運氣向來不好，不過我必須承認那多半是我的錯。儘管生活如此不堪，我依然傾向浪漫主義，擁有所有浪漫人士所必須面對的麻煩。

某種程度上的窮困潦倒（老是睡在辦公室，繳不出各種帳單）、藉助酒精來麻痺自己（因爲有太多事情不想記得）、生命中充滿各種不堪回首的過去，即使如此，卻仍保有一顆正直而高貴的心，以一種和現實格格不入的、鋤惡扶弱的浪漫騎士精神，將忠誠與勇敢奉獻給委託人。這樣一個矛盾的綜合體，賦予了偵探個性上的深度，也讓他們具有一種獨特的個人魅力。

然而若單純只是相似性質偵探的移植，也未免太過無趣，因此作者爲本書主角約翰·泰勒做了一些特別的設定。在現實世界的倫敦中，他是個不提供徵信服務、不辦離婚案件、不調查刑事犯罪，只專門找東西的私家偵探。前兩者大致和冷硬派私探的營業範圍相同，但只負責找東西這種相對冷門的生意範圍（難怪故事一開始他就被債主威脅付帳），迥異於冷硬派偵探小說中，謀殺命案是他們調查核心的設定。

在此我們看到了第一個不同點，他是不碰刑事犯罪的。

除此之外，偵探個人的能力也是一個特殊之處。在傳統冷硬派偵探小說中，偵探們偵察破案依靠的大多還是本身的智力、體力和推理能力，大抵不脫現實世界中凡人所可以擁有的能力。不過在奇幻小說中，因爲有充滿想像與非現實的奇幻背景設定，偵探們可能是巫師、魔法師甚至吸血鬼，具有各種在調查時往往需要也用得上的奇特秉賦。例如主角約翰·泰勒擁有奇特的「尋找」天賦，在故事進行中屢屢施展，不管是找女孩、找逃生點、偵測怪物等等等等。

小說裡他接受的委託，是幫一位母親找出她蹺家許久的女兒，要找出這個任性逃家的少女，則必須回到泰勒生於斯、長於斯、讓他又愛又恨的異世界——夜城。在故事進行中，透過主角和其他人物口中，讀者可以發現過去在夜城的經歷和身世之謎，一直讓主角縈繞在心耿耿於懷，偵探本身亦有個謎團，而且我們可以預見此系列後來幾本一定會處理到這個問題。

相較於泰勒身世的複雜難解，冷硬派私家偵探本身常是個清楚明白的個體，故事著重於事件發生的現在，作者幾乎不會交代他的過去，而且在系列第一本中就可以清楚知道他大概是個什麼樣的人，即使有著困擾著他的過去，讀者也都很清楚他是如何以及爲何變成今日這個模樣。

因爲有這三個不同的地方，讀者一方面發現他那熟悉的屬於冷硬派偵探的部分，一方面又有新加入的新穎設定帶來的刺激感，看似極度像冷硬派偵探小說，卻又有所不同。喜歡奇幻的讀者可以從充滿想像力的奇幻元素中獲得滿足——時間永遠停留在午夜三點的永夜城，具有六〇年代風格的幽靈酒館，由曾被外星人綁架的人所聚集組成的「堡壘」，能穿梭時空的收藏者，永生不死、武藝高超的剃刀殺手，暴力嗜血、愛用霰彈槍的賞金獵人；而喜歡推理元素的讀者，也可從本書的主人翁約翰・泰勒那「爲求眞相不顧一切」、自有一套正義準則、具有一副高貴柔軟心腸（見不得老弱婦孺受難）的偵探性格中，得到熟悉的慰藉。

當奇幻碰上推理，乍看之下頗爲背反的兩個書寫類型，撞擊交融之下會激發出怎樣的火花？透過孤獨騎士約翰・泰勒的夜城冒險之旅，或許能藉此帶給台灣讀者們一個新的閱讀視野與樂趣。

推薦序

跨越陰陽、時空錯位的神魔決戰場——「夜城系列」

奇幻文學評論者／譚光磊

賽門．葛林（Simon R. Green）的發跡過程相當傳奇。他從七〇年代初期開始寫作，可是除了短篇小說，長篇屢屢碰壁，也因此累積了可觀的存稿。一九八八年，在連續三年沒有固定職業之後，葛林找了份書店的專職工作，不料兩天後便有七部小說受出版社錄用。後來他更因緣際會撰寫凱文科斯納的「俠盜王子羅賓漢」電影小說，搭著順風車狂銷三十萬本，登上紐約時報排行榜，搖身變爲暢銷名家。至今葛林的作品已經在全球銷售超過兩百五十萬本，翻譯成十餘國語言。

葛林擅長機鋒銳利的對話及血脈賁張的動作戲，主要有三個系列：「死神劍客」（Deathstalker）系列有科幻的太空歌劇背景，但讀起來更像大仲馬的劍俠小說，描寫主角在銀河帝國中冒險犯難，周旋於貴族權謀之間的故事。其次是他的「森林王國」系列，又有兩個分支，一是妙趣橫生、創意十足的奇幻冒險，以魯伯特王子和伊索蓓公主爲主角。「霍克和費雪」（Hawk & Fisher）則是兩人來到罪惡之城「海文」（Haven）擔任警衛隊長的故事，共有六本。本系列最特出之處在於結合劍與魔法和推理，獨眼霍克擅使戰斧，費雪則手持長劍，兩人不畏強權及惡勢力，與海文城中一切的犯罪、貪污、腐敗和超自然邪魔對抗。

二〇〇五年，葛林發表全新的「夜城系列」（Nightside）系列，結合都會奇幻和冷硬推理傳統，創造出獨一無二的陰陽魔界「夜城」，它位於倫敦市中心，凡人無法進入，那裡的時間永遠是午夜三點，來自各個時空背景的奇人異士摩肩擦踵。街的這頭有人彈三弦琴吟唱中世紀民謠，對面卻有人拿電吉他唱Bob Dylan的歌，而且歌詞反過來唱。西裝筆挺的尼安德塔人和一身納粹黨衛軍制服的矮人閒話家常，伊莉莎白女王的宮廷貴族則和身高六呎的妖豔變裝癖聊得起勁。身穿未來太空裝的女子和全身刺青的裸男共食還在掙扎的串燒……

小說主角約翰·泰勒曾經是「夜城」人見人怕的名偵探，因爲他具有天生魔力：

他的父親是人類，他的母親則……似乎不是人類。父親發現妻子真實身分後發瘋自殺，而泰勒一輩子都在追尋自己的身世之謎。他從母親那裡繼承了無與倫比的搜索能力，他能打開通靈秘眼，找到永夜區的任何人事物，包括死亡……

首集《永夜之城》開始的時候，泰勒已經遠離夜城五年，窮途潦倒在倫敦一角開偵探社，一日豪門美婦瓊安娜找上門，請他代尋走失多日的獨生女凱西。泰勒只好重返故鄉，那個光怪陸離，時空錯亂的永夜區。他將與故友重逢，包括永生不死、專殺惡人但手段兇殘的剃刀艾迪，槍桿子打天下的硬派女傑霰彈槍蘇西，穿梭古今、將天下珍寶盡收懷中的「收藏家」，以及不分善惡、維持永夜治安的渥克（Walker）。他將造訪各種神奇地點：已經存在無數年的酒館，老闆的祖先與大法師梅林訂定契約，世世代代經營之；由曾遭異形綁架的生還者共同組成的堡壘，裡面佈滿槍砲機關，寧死也不願再被抓走；時空錯亂的未來區域，泰勒將目睹八十年後永夜滅絕慘劇，而一切的原因竟都和他的母親有關……

葛林是出名的快筆，短短幾年時間，「夜城系列」便已經出版了六本，講述泰勒在夜城遭逢的各種離奇案件，貫穿其中的故事主軸則是他尋找母親的冒險。「永夜之城」的故事精彩，節奏明快，黑暗的底蘊襯托著葛林獨門的幽默和怪奇的想像力，讓人沉浸其中，難以自拔。還有，從此再也無法帶著平常心搭乘倫敦地鐵。

譯者序

另一個世界

中文版譯者／戚建邦

距今約莫十七年前，我接觸了一個號稱角色扮演遊戲始祖的電腦遊戲《創世紀（Ultima）》，開啓我對奇幻世界的啓蒙（該系列單機遊戲已在網路發達之後劃下句點，如今剩下網路版仍在營運）。創世紀系列的基本故事是說一個正常人有一天不知道爲什麼糊裡糊塗地就被召喚到一個充滿劍與魔法的世界不列坦尼亞去，一路妖除魔，最後終於成爲該世界的救世主的故事。那個年代遊戲的畫面之差當然就不用提了，但是它在玩家心中留下的想像空間卻是無止無盡的。姑且不論那超厚的說明書、怪獸圖鑑、布製地圖等今日遊戲裡絕對看不到的標準配件，光是這系列遊戲的副標題就夠引人遐想了：《天人合一（The Quest of the Avatar）》、《命運鬥士（Warriors of Destiny）》、《虛僞先知（False Prophet）》、《羽化昇天（Ascension）》。當年我根本看不懂英文，但是看到這些遊戲的名字，我就忍不住把它們都買了回來。曾經有那麼一段時間，我是活在不列坦尼亞的世界裡，而那還是在網路創世紀出現之前的事情。

我是個角色扮演遊戲迷。我對奇幻世界的想像是由電腦遊戲而來。知道我的名字的讀者，必定知道我跟《無盡的任務（Everquest）》這個遊戲有著密切的情誼。嚴格說起來，我對奇幻小說的接觸不是很多，除了朱學恆先生早期翻譯的幾套必讀經典之外，剩下的大概就是哈利波特了。儘管如此，我還是藉由電腦遊戲接觸到許許多多不同的奇幻世界，也深受許多曲折離奇的故事感動。我永遠記得《柏德之門（Baldur's Gate）》的爾虞我詐、《異域鎮魂曲（Torment）》的詭異哲學、《舊共和武士（Knights of the old Republic）》的高潮迭起甚至《太空戰士十（Final Fantasy X）》的黯然憂傷。十幾年下來，我自認已經看過夠多的世界設定，也見過夠多的強烈角色了。然而在今年年初接觸到賽門 R. 葛林的《永夜之城》小說之後，我眞的再次感受到越來越少有的震撼，忍不住要豎起大拇指大叫一聲好！

雖然我至今翻譯作品不多，但是《永夜之城》是我第一次碰到看完原文就忍不住馬上要開始翻譯的故事。我的震撼不但來自夜城（Nightside）這個不同於正常世界的設定，更來自裡面每個令人驚奇的角色的背景。夜城是倫敦的黑暗之心，基本上是架構在正常世界之下的一個奇幻世界。按照書中所云：夜城其實跟一般的大都市沒多大的差別，只不過放大了人類的慾望、張狂了物質的種種，就像我們在夢境之中行走的都會街道一樣。這裡，所有人類史上的傳說都可以是眞的，所有宗教裡的神祇都可能走入現實，所有記載中的法器都實際存在，所有的特殊能力都有可圖之利。簡而言之，這是個擁有無限可能的世界，不像一般的奇幻世界設定有所限制。也正因爲這種無限的可能性，所以每個角色出場的時候都會再度衝擊人心，因爲你實在想不到作者的腦子裡究竟裝了些什麼，他的想像力到底爲什麼能如此豐富並且畸形……

這個城市裡的每一個角色都有一段駭人聽聞的背景。這些背景縱貫古今，直通未來，照耀天堂，燃燒地獄。除了意想不到，沒有其他好說的。這裡有跟上帝訂約的正義打手，有跟魔鬼訂約的眞愛之人；有世界上最偉大的巫師、也有科技知識強過一切的工程師。由於生命、死亡以及現實在這裡都只算是種模糊的概念，所以眞正的強者絕不會因爲死亡而停止存在（但這並不表示他們不會死）。又由於時間與空間在這裡也不是絕對單線的，所以配備曲速引擎與光子魚雷的未來汽車也有出場的機會。在這裡，建築物的防盜系統可不是裝個警報鈴就好，還必須加持魔法防禦才行。古老的神祇可能因爲遭人遺忘而墜入凡塵；新進的強者也可能因爲把握機會而晉升神格。這是個極度危險的地方，一不留神就會丟掉性命，但這裡同時又具有與危險程度成正比的極度誘惑，令人無法抗拒到此一遊的慾望。這裡的一切都更爲強烈，更加原始。在這裡，任何事都重要多了。信仰、行爲、生命……在這裡更具意義，感受更深。

最重要的是，一切都可能的世界看來雜亂，在作者筆下卻顯得有條有理，絲絲入扣。讀者不會覺得這是個譁眾取寵的故事，只會不由自主地跌入其中。發生在夜城裡的故事節奏超級明快，就跟坐雲霄飛車的感覺一樣，甚至比起出軌的雲霄飛車也不遑多讓，令人可以輕易拿起，卻很不容易放下。這一個世界或許跟讀者常見的奇幻世界不太一樣，但它多了一份熟悉感，也多了一份驚喜感。它帶給我一種許久沒有的悸動，讓我一本接著一本看，然後一本接著一本翻。如今，主角約翰．泰勒爲了一個非常基本的原因必須返回逃離已久的夜城，而這一次，他將帶著眾多讀者的心一同回去……

「雖然我也未必喜歡夜城裡的自己，但是起碼在這裡我不再是個平凡人。而且話說回來，人總不能讓其他人左右自己的去處，不然可會錯過很多生意的。」

歡迎進入《永夜之城》的世界，相信你會喜歡。

夜城系列

天使戰爭

目錄

chaper 1 人都有所信仰

gents of Light and Darkness Agents of Light and Darkness Agents of Light and Darkness Agents of Light and Darkness Agents of

聖猶大教堂是夜城唯一的教堂，我只有在生意需要的時候才會去。這間教堂距離到處都有敬神場所的諸神之街很遠，獨自聳立在一個極爲安靜的角落裡，遠離夜城一切華麗亮眼的霓虹。這是間不打廣告的教堂，一間毫不在意路過的人們願不願意進入的教堂。它只是默默地待在原地，以防任何不時之需。聖猶大教堂以迷途聖人之名而建，是一幢非常非常古老的建築，甚至可能比基督教本身還要古老。教堂的牆壁十分樸實，除了當作窗戶使用的裂縫之外，沒有任何雕飾，也不受時間侵襲。教堂內部以一塊蓋了白布的大石頭充作聖壇，前方排了兩排木製長板凳，後面掛了一個純銀十字架，除此之外別無他物。聖猶大不是什麼尋求慰藉的地方。它不以華麗的物質裝飾外表，亦不以宗教的精神粉飾內在。這裡沒有牧師、沒有侍從，完全不提供任何服務。講白一點，聖猶大教堂是你在夜城中尋求救贖的最後機會，或者說，是你在死前與上帝對談的絕望契機。試圖在這間教堂裡爲心靈療傷，說不定就會有想像不到的收穫。

因爲在聖猶大教堂中禱告不但有神在聽，有時候甚至還會得到回應。

偶爾我會跟人約在這間教堂見面，因爲在夜城要找個中立地區並不容易。不過我也不常約這個地方。聖猶大教堂絕對歡迎任何人進入，但未必每個進去的人都能夠活著出來。這間教堂有辦法保護自己，不過沒人知道是如何保護。這一次我來這裡並不只是爲了中立需求，還爲了要依靠教堂本身的力量去對抗一股恐怖的力量，對抗那隻我在非常勉強的情況下答應要見的怪物。

刺骨寒風自四面八方而來，我全身僵硬地坐在前排的木板凳上，靜靜縮在大外套底下。我看著四周，想盡辦法讓自己平心靜氣。教堂裡沒東西好看、沒事情可做，而我也沒打算把時間浪費在祈禱上面。自從小時候第一次逃過敵人的暗殺之後，我就已經了解到這個世界上除了自己之外，任何人都不能依賴。我渾身浮躁，蠢蠢欲動，很想站起身來到處走走。深沉的夜色之中正有一股毀滅的力量對我直撲而來，而我只能乖乖地坐在原地等待對方現身。我伸手去摸了摸放在身旁的鞋盒，確認它還待在該在的地方。鞋盒裡的東西或許能夠救我一命，也或許沒有半點用處。人生就是這樣的賭博，特別當你活在夜城裡的時候更是如此。特別當你身爲聲名遠播卻又惡名昭彰、號稱什麼都找得到的約翰．泰勒的時候更是如此。因爲把我捲入如今這種狀況的就是我遠播的名聲。

我將帶來的一打蠟燭通通點燃，放在教堂四周，意圖驅逐黑暗，但是卻沒有效果。教堂內的空氣凝重、寒冷潮濕，加上大量的陰影，看來格外恐怖。我獨自一人坐在其中，側耳聽著灰塵落地的聲音，彷彿可以感受到這棟建築曾經經歷過的無數歲月、無盡滄桑。傳說聖猶大教堂乃是夜城之中最古老的建築，比諸神之街還古，比時間之塔還老，甚至比世界上最早開始營業的「陌生人酒館」還要年代久遠。事實上，由於這個地方實在太老了，被人膜拜太久了，於是人們開始傳說這裡最早可能根本不是一間教堂。

這裡只是一個讓你跟你的神傾訴的地方，或許有時候也能夠得到神的回應。至於你喜不喜歡神明的回應，那當然就是你自己的問題了。

畢竟，焚燒雜草跟焚燒異端只不過是一線之隔。我一直都跟上帝保持距離，也希望他永遠不要理我。

我不懂爲什麼夜城裡沒有別的教堂。又不是說會來夜城的人都沒有宗教信仰，只不過人們會來夜城都是爲了要幹一些上帝不准他們幹的事情罷了。在這裡，靈魂不會迷失，只會被出賣、被交易或是被像垃圾一樣丟棄。在諸神之街，人們可以找到諸神在凡間的代表，甚至能夠接觸足以支配一切的強大實體。你可以跟這些傢伙討價還價，買到所有你的神不希望你擁有的東西。

數個世紀以來，有許多人曾試圖毀滅聖猶大教堂。如今這些人都已經不存在了，而聖猶大依然屹立不搖。不過，如果我錯估了鞋盒裡的東西的價值，那麼今晚過後這間教堂就未必還在這裡了。

現在是凌晨三點，在夜城，時間永遠停留在凌晨三點。黑夜永無止盡，時間無限延伸。凌晨三點是屬於惡狼的時間，是人類一天中最虛弱的時間；是最多嬰兒出生的時間，也是最多老人死亡的時間。這是最容易墮落的一刻，人們會躺在床上無法入眠，幻想著當初如果如何如何，今天會不會就怎樣怎樣。當然，凌晨三點也是跟惡魔交易的最佳時間。

突然之間，我背上的所有寒毛豎起，心臟停止片刻，彷彿被某隻寒冷的手掌握在其中一般。我搖搖晃晃地站起身來，一陣劇烈的顫抖透體而發。她快到了。我可以感覺到她邪惡的存在、恐怖的目光，以及冰冷的意圖。我一把抓起鞋盒，有如溺水之人抓住浮木一般緊緊地抱在胸前。我慢慢走向側廊，不情不願地站在教堂唯一一扇大門之前。這扇門實心橡木，一體成形；五呎高，五吋厚；上了栓也加了鎖，不過不管它有多堅固也絕對擋不住她，因爲世界上沒有任何東西能夠阻止她。她是潔西卡·莎羅，「不信之徒」，世界上的一切都無力與之抗衡。她快到了，已經非常接近了。她是怪物，是噁心的野獸，是「不信之徒」。四周空氣不自然地靜止，彷彿是暴風雨前的恐怖寧靜，而且還是會吹垮屋頂、降下鳥屍的那種狂風暴雨。有人叫潔西卡來這裡見我，因爲我擁有她一直在找尋的東西。然而如果我跟引她來的人搞錯了的話，潔西卡將會讓我們付出慘痛的代價。

我從來不帶槍，也不佩帶其他武器，因爲我沒這種需求。再說，在潔西卡·莎羅面前，什麼武器都是廢物，再也沒有東西能夠傷得了她。很久很久以前，一個可怕的事件使她放棄了所有人性，成爲「不信之徒」。由於她不再相信任何實際存在的事物，所以整個世界對她而言都不再具有任何意義，也無法影響她一絲一毫。她可以去任何地方、做任何想做的事，而她眞的就這麼幹。她有能力犯下令人髮指的罪行、慘不忍睹的慘案，而她也眞的就這麼幹。誰都阻止不了她。她沒有良心、沒有道德、沒有同情、沒有自制。物質世界對她來說不過是一張白紙，路過的時候就會順手撕去。幸運的是，她很少離開夜城。而即使在夜城裡，她也多半在睡覺，很少現身。不過一旦她醒了，所有人就得開始逃難。因爲只要她把「不信」的意念集中在任何人或任何事之上，對方就會立刻從世界上消失，永遠不復存在。一旦她出現在夜色之中，即使是在諸神之街裡作神殿生意的人都要早早關門大吉，趕緊回家睡覺。

而她這一次的出現造成了前所未有的破壞。潔西卡造訪了夜城裡所有敏感的區域，搜尋某樣不知名的東西，所到之處無一倖免，只留下混沌與毀滅的痕跡。沒人能夠肯定她到底在找什麼，也沒有膽敢到她身邊詢問。大家都猜想她在找的東西必定十分特殊、十分強大……然而潔西卡·莎羅不相信任何特殊、強大的事物，物質界的東西對於不信之徒來說根本沒有用處。夜城從不缺乏任何力量強大的物品，從許願戒指到理論階段的炸彈什麼都有，而且全都用錢就可以買到。只是潔西卡·莎羅要的顯然不是那些，於是她繼續尋找，所到之處也就繼續毀滅。外頭傳得沸沸揚揚，都說她在找一個眞實到連不信之徒都不得不信的東西……甚至是一件眞實到足以將其毀滅的東西，能爲她帶來最後救贖的東西。

於是渥克跑來找我，要我找出這件物品。渥克是當權者的代表。從古至今很多人都曾試圖控制夜城，不過從來沒人眞的成功過。當這些想要掌權的人失去控制的時候，適時介入擺平一切的就是這些所謂的當權者。渥克是個非常冷靜的人，工作時習慣穿著西裝，講話時從來沒有抬高音量的必要。他不喜歡像我這種獨立作業的人，不過卻常常把奇怪的工作丟到我頭上。除了因爲我的能力獨一無二之外，更大的原因在於我的死活對他而言根本無關痛癢。

這也就是爲什麼我都會要他先付錢。

我能找到任何東西，那是一種天賦，一種自我過世的母親那裡繼承而來的天賦。聽說我母親不是人類，而且她根本也沒死，不過我還是衷心希望她已經死了就是。

總之，如今我胸前的鞋盒裡放的就是潔西卡．莎羅在找的東西。她知道東西在我這裡，此刻正火速趕來奪取。我的工作就是要以最恰當的方式把東西交給她，藉此消除她的怒火，然後把她送回家去繼續睡覺。當然，前提是要我找到的東西沒錯，而且她也沒在闖進來的第一時間裡就把我從存在之中給「不信」掉才行。她已經來到教堂外面了。我腳下的地板傳來強烈的震動，伴隨她腳步聲所掀起的迴音，彷彿整個世界都在她的怒火中燃燒一般。蠟燭的火燄翻飛，四周的陰影亂竄，似乎一切都爲了她的到來而害怕。我感到口乾舌燥，雙手不自主地捏陷了鞋盒。我強迫自己把鞋盒放在木椅上，然後兩手插進外套口袋裡。這種時候想要表現得輕鬆自在是絕對辦不到的，但是在不信之徒潔西卡．莎羅面前，我可不能露出絲毫軟弱恐懼的神情。我本來打算依靠聖猶大教堂幾個世紀下來所累積的信仰力量來對抗潔西卡的「不信」，不過現在看來似乎是沒什麼用處。她來勢洶洶，似暴雨、如狂風，彷彿一種自然界難以抗拒的超級能量，可以不費吹灰之力令我消失。她的存在就好比癌症跟沮喪一般，無法否定，也不能妥協。她是「不信之徒」，跟這種力量比起來，聖猶大根本不算什麼，我也根本不算什麼……我深深地吸了一口氣，然後抬起頭來。管她那麼多！我可是約翰．泰勒，可惡！什麼大風大浪我沒見過！管她再怎麼不信，我也要讓她相信我的存在！

橡木門以黑鐵強化，重量起碼超過五百磅以上，不過在潔西卡眼中簡直跟不存在一般。她一腳踏上木門，隨手一揮，整扇門就有如布匹一樣化成碎片。她跨入教堂，向我走來，全身赤裸，骨瘦如材，膚色慘白。每踏出一步，地板上就多裂一個大洞。她的眼神狂野、專注，直如野獸一般，絲毫看不出任何人性。她的嘴唇很薄，向兩旁延展，似乎在狂叫，又像是微笑。她沒有頭髮，臉色跟膚色一樣蒼白，雙眼混濁發黃，有如尿液。她全身上下散發出無盡的力量，一方面驅使著她勇往直前，另一方面又慢慢地將她吞噬。我動也不動，站在原地，與她眼神交會，直到她在我面前停下爲止。她散發出一種……很臭的味道，簡直跟腐敗的食物沒什麼兩樣。她不需要眨眼，胸口沉沉浮浮，似乎呼吸是件必須提醒才會想起來的事情一般。她身高不到五呎，但是感覺起來彷彿比我還高。我之前所有的計畫跟思緒都因爲她的出現而在腦中崩裂，只能勉強自己對她露出一點微笑。

「哈囉，潔西卡。妳看起來……充滿了個人風格。我有妳要的東西。」

「你怎麼知道我要的是什麼？」她說，語氣正常到令人害怕。「連我自己都不知道，你怎麼可能會知道？」

「因爲我是約翰．泰勒，找東西是我的專長。我已經找到妳要的東西，但是首先妳必須要相信我才行。如果妳不相信，那就永遠得不到我爲妳找來的東西。要是我就此消失，妳將永遠不會知道我找到的是什麼……」

「拿出來給我看。」她說。我知道能說的就只有這麼多了，於是小心翼翼地從木椅上拿起鞋盒，然後交給她。她抓起鞋盒，斜眼一瞪，盒子當場消失，露出裝在裡面的東西。那是一隻破破爛爛的泰迪熊，臉上還缺了一隻玻璃眼珠。潔西卡．莎羅伸出慘白的雙手將泰迪熊舉在眼前一直看、一直看，看到最後，她終於把泰迪熊抱到胸前輕輕撫摸，像個即將入眠的孩子一般。直到這時，我才終於鬆了一口氣。

「這是我的熊。」她一邊說一邊看著泰迪，完全沒有向我瞧上一眼，這讓我感到十分慶幸。「它……是我的熊，是我孩提時代的玩件。已經過了好久了，那時我還沒放棄人類的身分。好久了……我已經有好長一段時間沒有想起它了。」

「這就是妳要的東西。」我小心道。「妳想要一件對妳有意義的東西，一件跟妳一樣眞實的東西，一件值得妳去相信的東西。」

她突然抬頭，一臉寒意地向我看來。儘管心中害怕，我卻沒有絲毫退縮。她像鳥一樣將頭側向一邊，問道：「你在哪裡找到它的？」

「泰迪熊墳場。」

她對我報出善意的微笑，不過我還是嚇了一大跳。「不要問魔術師關於魔術的秘密，我懂。雖然我瘋了，不過這個道理我還懂得。我知道我瘋了，也很清楚我爲了獲得力量而必須付出的代價。世界上的人事物再也與我無關，永恆的孤獨將是我唯一的命運，這是我自作自受，一切都怪不得別人。啦啦啦……我只能跟自己說話……拋棄人性成爲不信之徒並不是一件容易的事，也算不上愉快的經驗。我行走在一個屬於我自己的世界裡，注定將要孤獨一世。直到現在，我終於找到了泰迪。沒錯，一件值得我去相信的東西。你又相信什麼呢，約翰．泰勒？」

「我的天賦，我的工作，或許再加上我的名聲。到底在妳身上發生過什麼事，潔西卡？」

「我不知道，再也不知道了。我會變成這樣就是因爲我不想知道。我的過去太可怕了，可怕到令我必須強迫自己去忘記，讓過去變得虛幻，虛幻到不曾發生。然而就在這個過程裡，我對現實喪失了信心，或者說，現實對我喪失了信心。如今，我的存在完全藉由意志支撐。一旦意志渙散，我就會徹底消失。我已經孤獨太久了，身邊只有陰影跟細語環繞，生活空虛至極，不具任何意義。有的時候，我會假裝在跟別人講話，不過我始終知道對方根本不存在……從今以後，我有泰迪陪伴。它將成爲生活的慰藉，也會爲我提醒過去。讓我記得我的身分、我的一切。」她對懷裡的破熊笑了笑。「很高興跟你聊天，約翰．泰勒。只有在這個地點，這個時刻，我們才能擁有這片段的寧靜。下次可別試圖跟我聊天了，我不會認識你，不會記得你。我不能保證你的安全。」

「只要記得妳的泰迪熊。」我說。「說不定，它會帶領妳走向回家的路。」

然而話沒說完，她已經在我面前消失，離開了教堂，回歸夜色之中。我緩緩吐出一口氣，在自己摔倒之前趕緊先在木椅上坐下。潔西卡・莎羅實在太可怕了，即使對夜城的人來講也是一樣。要跟一個明知只聽得到自己腦子裡的聲音的怪物聊天絕不是一件容易的事，更別提對方還有辦法在轉念之間就讓我消失於無形之中。我慢慢站起身來，走到聖壇前回收我的蠟燭，不過卻在這個時候聽見教堂外面傳來一陣跑步聲響。不是潔西卡，是人類的腳步聲。我退到教堂後方，躲在陰影之內。除了潔西卡跟渥克之外，應該沒有人知道我在這裡才對。不過一直以來都有人想要置我於死地。打從我出生開始，這些敵人就不曾停止對我的追殺。今天晚上已經夠刺激了，不管來的人是誰，我都沒有興趣知道。

一個身穿黑衣的男人從門口跑了進來。他的衣衫破爛，形容憔悴，看起來好像已經跑了很久，也已經處於受驚狀態很久了。他戴著一副太陽眼鏡，儘管來自黑夜，依然漆黑得有如甲蟲之眼。他搖搖晃晃地向聖壇前進，一手扶著路過的木椅，另一手則緊抱著胸口一團包在黑布之下的東西。他邊走邊回頭猛看，生怕追他的東西已經近在眼前。終於他癱倒在聖壇之前，身體抖得有如風中的小草。他拿下太陽眼鏡丟到一邊，露出以針線緊密縫合的雙眼。他伸出顫抖的雙手，將黑色的小包舉在聖壇之前。

「聖堂庇祐！」他聲音沙啞地大叫，聽起來似乎已經許久不曾開口過了。「以上帝之名，我尋求聖堂庇祐！」

四周安靜了一段時間，接著我聽到了一陣不疾不徐的腳步聲自教堂外傳來。黑衣人也聽到了。他很害怕，但是又不敢回頭，只能絕望地面向聖壇，什麼都不能做。腳步聲在大門外停了下來，一陣微風自夜色中襲入，在走道上揚起一陣塵土，彷彿出自某人的呼吸一般。這陣風吹熄了門旁的蠟燭，吹過走道，吹到我藏身處的陰影，拂上了我的臉龐，帶來一種又濕又熱的感覺，有如黑夜中的一股狂野氣息，外加一點玫瑰精油的香味，但是過於濃厚，令人難以忍受。黑衣人在聖壇之前哭出聲來。他想要再說一聲「聖堂庇祐」，但是嘴中卻冒不出任何字句。

教堂門外的黑暗之中傳出講話的聲響。那聲音尖銳、刺耳，但同時又緩慢、輕柔，聽起來有如好幾個人同時低語，發出一種難以捉摸的合音，好似指甲刮擦黑板一般地刺入人心。這種聲音絕非人類所發，雖然其中或多或少藏有人性，但絕非發自人類之口。

「沒有任何地方會爲你這種人提供聖堂庇祐。」對方一開口，黑衣人就嚇得發抖。「不管你跑到哪裡，我們都將緊追在後；不管你藏身何處，我們都會揪你出來。把你偷走的東西還來。」

黑衣人依然沒有勇氣回頭面對尾隨而來的敵人，不過他還是緊緊抓著胸前的黑布包，以一種輕蔑的語氣大叫：

「我不會還的！它選擇了我！它是我的！」

一個人形的實體逐漸在門外的黑暗中凝聚成形，比陰影更黑暗、更深邃。我可以感覺到它的存在、它的壓力，感覺到夜色中一股無形的重量，好像某種非人的強大實體找到進入人類世界的方法一樣。它不是屬於這個世界的東西，但它終究還是進來了，只因爲它有這個實力。奇怪的低語聲再度揚起。

「交出來。立刻交出來。否則我們將會奪走你的靈魂，打入地獄之中，任由獄火焚燒，永遠不得安息。」

黑衣人猶豫了，他的臉孔痛苦地扭曲，緊密縫合的雙眼之中泛出淚水，經過不住顫抖的臉龐緩緩滑落。最後他終於點頭，像顆洩了氣的皮球一樣癱倒在地。他似乎已經累到跑不動了，而且也害怕得不敢反抗。我一點也不怪他。那個冷酷無情的聲音實在太可怕了，連我這個安安穩穩躲在陰影裡面的人都嚇到腳軟。黑衣人緩緩地攤開手上的黑布，以敬畏的神情拿出一只鑲滿寶石的銀色聖餐杯（註）。杯子在昏暗的燭火中散發耀眼的光芒，彷彿來自天堂的神聖之物。

「拿去！」黑衣人含淚說道。「把聖杯拿去！只要……只要你們別再傷害我就好了，求求你們！」

教堂裡籠罩在一片很長的沉默之中，彷彿整個世界都在聆聽、都在等待。黑衣人的手越抖越厲害，幾乎已經把持不住手中的聖餐杯。恐怖的合音再度響起，好似命運一般的沉重不變。

註：聖餐杯（chalice），亦名聖杯，一般指的是耶穌在最後的晚餐中所使用的餐杯。相傳飲下聖杯盛過的水就能獲得永生，因此聖杯傳說成了許多傳說故事的中心。

「這不是聖杯。」

一條陰影自門口衝入，在黑衣人來得及開口尖叫之前來到聖壇前，將他整個人包裹在黑暗之中。我緊貼身後的牆壁，暗自祈禱不要讓對方發現。教堂中突然爆發出一陣驚人的吼叫聲，簡直像是世界上所有的獅子同時張口咆哮一般。接著，那道陰影緩緩自聖壇上飄開，彷彿……吃飽了一樣。它飄過走道，穿越大門，最後消失不見。當他的存在完全自我的感知之中消失之後，我小心翼翼地走到聖壇之前，查看在地上縮成一團的黑衣人。如今黑衣人已經變成一座穿著破爛黑衣的白色雕像，雙手捧著假聖餐杯，臉上的表情恐懼無比，彷彿在嘶聲尖叫，但卻永遠也發不出任何聲響了。

我撿起所有蠟燭，確定沒有留下任何到過這裡的痕跡，然後就離開聖猶大教堂。我慢慢地散步回家，邊走邊思考著剛剛所發生的事情。聖杯……如果聖杯當眞出現在夜城，甚至只是找尋聖杯的勢力認爲它在這裡，那我們的麻煩就大了。即使是夜城裡最具實力的強者也惹不起爭奪聖杯的這些傢伙。聰明的人就知道要跟這種事情撇清關係。他們會放個長假，然後等到一切塵埃落定之後才回來。只不過……如果聖杯眞的在藏在夜城裡的某處……我約翰·泰勒可是找東西的專家呀。

說不定我可以利用這個機會賺得一筆到死也花不完的大錢。
也說不定我到死都沒機會去花那筆錢。

chaper 2 風暴凝聚

nts of Light and Darkness Agents of Light and Darkness Agents of Light and Darkness Agents of Light and Darkness Agents of L

陌生人酒館是個沒人在乎你是誰的地方，常去的酒客都知道要隨身攜帶武器。那是個認識朋友的好地方，同時也是被騙、被搶，再被殺的絕佳場所，而且以上事件未必會按照順序發生。任何大人物，或是自以爲是大人物的小人物，起碼都會在一生之中來到陌生人酒館一次。觀光客就不建議去了，因爲有人看到觀光客就想開槍。我有不少時間都泡在這間酒館裡，說實在這並不是一件好事，不過我倒是在那邊接了不少生意就是。說不定我該把酒館的帳單報爲生意支出，不過既然我根本沒繳過稅，那就無所謂了。

凌晨三點，我走下吵雜的旋轉梯，進入酒館之中。今晚酒館裡面感覺特別安靜，因爲大部分的名人都沒有出現。人是不少，吧台跟其他座位到處都坐滿了人，外加一群根本稱不上是人的顧客……不過都是一些小人物，沒半個重要人士。我停在樓梯底下，將整間酒館好好看了一看。一定是外面發生了什麼大事，所以大人物都沒空前來。不過話說回來，這裡是夜城，隨時都有大事發生，也隨時都有小人物被剝削。

酒館的隱藏喇叭裡播放的是深紅國王的專輯「紅色」，表示酒館老闆此刻正處於一種十分懷舊的心情。艾力克斯．墨萊西，這裡的酒保兼老闆，跟往常一樣待在吧台後方，一邊假裝擦杯子，一邊側耳傾聽一個乏味的顧客碎碎抱怨。當你心情不好的時候，艾力克斯是個絕佳的傾訴對象，因爲他完全沒有任何同情心，並且最討厭聽人家自憐自艾。他認爲自己才是世界上最悲慘的人，如果奧運有在比慘的話，他肯定有資格參賽。不管你的遭遇如何悲慘，他的絕對比你還慘。他今年將近三十歲，不過外表看起來已經將近四十。他經常大發雷霆，抱怨著生活中所有不公平的事物，並且有卯起來亂丟東西的癖好。他總是穿得一身黑，只因那是世界上最陰沉的顏色。他還喜歡配戴黑色的墨鏡，外加一頂黑色的貝雷帽，不過這頂帽子主要是用來掩飾禿頭。

他被家族詛咒限制在酒館裡面，永遠無法離開，所以他十分痛恨這個地方。基於這個理由，聰明人都知道不要吃任何放在吧台上的點心。

吧台後方的牆上釘了一個大玻璃櫃，其中擺了一本封面上鑲有一只純銀十字架的皮裝本聖經。玻璃櫃下的牌子寫著：「啓示錄（註二）發生時請打破此玻璃。」艾力克斯是個喜歡未雨綢繆的人。

靠在吧台上的酒客都是常來的熟面孔。一個以藍灰色的煙霧凝聚而成的鬼魂爲了懷念抽菸的快感而吹吐著構成自己身體的煙霧，爲本已非常混濁的空氣增添更多色彩。兩名同性戀女水妖用吸管吸收著彼此身體裡的水分，眼看體內的水平面忽高忽低，她們開心地咯咯嬌笑。煙鬼怕她們喝得太醉，身體會因爲表面張力降低而爆炸，於是換了個位置坐到吧台另外一側去。由法蘭肯斯坦男爵製作的新科學怪人來到吧台前面慢慢坐下，小心翼翼地檢查身上有沒有零件不小心掉到地上。法蘭肯斯坦男爵無疑地是個科學天才，然而他的裁縫技巧顯然不怎麼樣。艾力克斯點了點頭，在一個杯子裡倒滿機油，再插根捲捲的吸管，然後推到科學怪人面前。吧台最底端，一隻狼人在躺在地上的舊毛毯上，一邊捉著自己身上的跳蚤，一邊舔著自己的睪丸。至於他爲什麼要當眾舔睪丸，多半只是爲了炫耀他有這個能力而已。

艾力克斯看了看吧台上的客人，不耐煩地道：「人家『歡樂酒吧』[註二]裡從來都沒這麼低俗過，爲什麼我的客戶都這麼沒品呢？」吧台上放著的一頂魔術師高帽突然

註一：啟示錄，新約聖經的最後一章，預言了世界末日的到來，屆時基督將再度降世，打敗邪惡並對所有的人進行最後的審判。

註二：「歡樂酒吧」（Cheers），一齣以酒吧為背景的美國肥皂喜劇。

抖了一下，接著裡面伸出一隻拿著空杯子的手來。艾力克斯在那杯子裡重新裝滿了酒，然後那隻手就又縮回帽子裡去。艾力克斯嘆口氣道：「總有一天我們會把他從帽子裡拉出來的。唉，他眞是把那隻兔子惹毛了呀。」接著他轉頭瞪向之前跟他說話的樂手道：「還要再來一杯嗎，李歐？」

「當然呀。」李歐．莫恩將啤酒喝得一滴不剩，然後把杯子推到艾力克斯面前。他是個高高瘦瘦的男人，瘦到幾乎沒有任何存在感。若不是因爲身上的皮夾克還有點份量的話，說不定他早就飄到天上去了。他總是愁眉苦臉，留著一頭難看的髮型，若非眼神中還有點生氣，嘴上也常常露出貪婪的微笑的話，看起來簡直不像活人。他碰了碰腳邊的爛吉他箱子，十足諂媚地對著艾力克斯笑道：「拜託啦，艾力克斯。你也知道酒館缺少的就是現場演奏。我們樂團的人好不容易才又湊在一起，給我們個機會辦場復出巡迴演唱會嘛。」

「你們根本沒紅過，學人家搞什麼復出？不行，李歐。我還記得上次讓你們在這裡演奏的時候搞成什麼德行。我的顧客已經明白表示他們寧願把內臟都吐出來也不要再聽到你們的音樂，而我十分認同他們的看法。你們這禮拜用的是什麼團名？我想你們還是在定期更改團名吧？不然誰會用你們？」

「我們暫時叫做『德魯伊馬子』。」李歐坦誠道。「驚奇是一個樂團不可獲缺的元素。」

「李歐，就算我在幫聾子舉辦音樂會也不會請你們。」艾力克斯說著瞪向旁邊的狼人。「趕快帶著你的鼓手離開。他在降低我們酒館的格調，這可不是件容易的事。」

李歐故作姿態地看了看四周，然後比個手勢要艾力克斯附耳過來。「你知道，」他鬼鬼祟祟地道。「如果你想要吸引一些新的顧客群，或許我有辦法幫你。不知道你有沒有興趣……來一劑『貓王灰』試試？」

艾力克斯以懷疑的眼神看著他道：「告訴我這跟炸香蕉三明治沒有任何關係。」

「沒有直接關係。聽著，幾年之前，某些我認識的毒蟲計畫要找出世界上最爽的毒品。他們什麼玩意都玩過了，不管單獨施打還是混合使用的毒品都不再能夠讓他們爽。他們需要全新的毒品，渴望更強效的東西來攪拌他們僅存的幾個腦細胞。於是他們前往貓王的家鄉葛雷斯蘭，因為全世界都知道貓王曾經吸食過的毒品之多，多到連他的棺木都必須特別訂做才敢葬入地底。在他死的時候，身體已經跟世界上所有的毒品合而爲一，其中還包括幾種他自製的毒品之王。我那些朋友在強力隱形術的掩護之下，偷偷挖開貓王的墳墓，以幻象代替眞人，把屍體偷了出來。你一定已經知道接下來發生的事了，對吧？他們把貓王火化，保留他的骨灰，然後拿來抽。據他們所說，世界上最爽的毒品就是……貓王骨灰啦。」

艾力克斯把整個故事想了一想。「恭喜。」他終於說道。「我聽過不少噁心的故事，不過全部都不能跟你這個相提並論。滾出去，李歐，立刻給我滾出去！」

李歐莫恩聳聳肩，笑一笑，一口把酒喝完，然後抓起他的鼓手離開了酒館。他才剛走，位子立刻有人補上。新來的是個穿了一身縐西裝的肥胖中年人，滿臉頹廢，一身汗臭，舉止鬼祟，看起來就像是會被警察攔下來身家調查的傢伙。他笑著看向艾力克斯，不過艾力克斯可沒對他笑。

「眞是個美麗的夜晚呀！沒錯，一個幸運的夜晚！你看起來好極了，先生，非常好！給我一杯最好的美酒，麻煩了！」

艾力克斯兩手在胸前一叉，說道：「塔德。我還以爲今晚已經夠糟了，沒想到你也會跑來。我猜你並不是來付酒帳的，對吧？」

「這話眞傷人呀，先生。你眞是傷了我的心啦！」塔德裝作受盡委屈的樣子，不過跟他本人完全不搭調。於是他換上一副諂媚的笑容說道：「我的窮日子已經過完啦，艾力克斯。從今而後，我將有能力償還任何……」

話沒說完，塔德已經被人推到一邊去。推他的是個身穿燕尾服、黑斗篷，高高瘦瘦、形容枯槁的男人。他的臉蒼白得有如死屍，兩眼腥紅得好比野獸，嘴巴裡的牙齒顆顆尖銳無比。就看他一拳拍上吧台，雙眼對著艾力克斯瞪得老大。

「你！給我血！我要鮮血！」

艾力克斯冷靜地抓起一根水管，當場給對方噴得滿臉都是蘇打水。對方張嘴大叫，臉上的皮膚瞬間開始融化，緊接著就看到他的衣服跟斗篷通通掉到地上，身體卻已經化爲一隻蝙蝠在吧台前亂飛。酒館裡所有人立刻抓起手邊的東西丟牠，一直丟到牠逃出酒館這才停手。艾力克斯把手中的水管放下。

「蘇打聖水。」他對嚇得發抖的塔德解釋道。「我拿來調雞尾酒用的。該死的吸血鬼，這已經是這禮拜的第三隻了。八成又有什麼聚會。」

「別管那個了，好朋友。」塔德高聲道。「今晚可是你的幸運之夜呀。所有麻煩都結束了。我不但會付酒帳，而且今晚所有人喝的通通我請客！」

所有人一聽這話，耳朵通通豎起來了。每當有人要請喝酒的時候，大家的聽力都好得跟什麼一樣，即使深紅國王的音樂再怎麼搖滾也擋不住「請客」兩個字的魅力。大家高興中帶點驚訝，紛紛開始在塔德身邊聚集。科學怪人當場把酒杯推向前，要求加滿機油，不過艾力克斯的雙手依然抱在胸前。

「你已經完全沒有信用可言了，塔德。先把錢拿出來看看再說。」

塔德環顧四週，不慌不忙，確定所有人的注意力都在他身上之後，這才慢慢從夾克內袋裡拿出一大疊鈔票。聽到人群中發出一陣讚嘆聲後，塔德滿意地轉而面對艾力克斯。

「我繼承了一筆遺產，親愛的孩子。泰勒終於幫我把失蹤的遺屬找了回來，讓我成爲唯一的合法繼承人。現在我已經有錢到可以對洛克菲勒家的人吐口水啦！」

「很好。」艾力克斯說著搶走塔德手中的鈔票，在其中抽了一半出來，然後把剩下的還給他。「這些應該夠抵你的舊帳了。希望等你付錢給泰勒之後，他也會來清一清酒帳。」

「泰勒？」塔德語氣輕蔑，指著剩下的鈔票說道。「有一大堆債主等著我付錢呢，凡事總有個先來後到呀。我只是僱用泰勒幫個小忙而已，他想跟我要錢？慢慢等吧。」

他說完哈哈大笑，還期待眾人跟他一起笑，不過大家都非常安靜，還有幾個已經開始向後退開。艾力克斯向前一靠，瞪大眼睛看著塔德。

「你打算賴泰勒的賬？活得不耐煩了嗎？塔德？」

塔德跳下吧台椅，不過他站起來跟坐著的時候高度也差不到哪去。他瞪著艾力克斯，一臉兇惡地說道：「我才不怕泰勒呢！」

艾力克斯冷冷地笑道：「如果你的智商比象鼻蟲還高的話，就應該知道要怕他才對。」

他轉而看向塔德身後，點頭打了個招呼。過了一會兒，所有人都跟隨他的目光向後看來。塔德直到此時才回過頭來，也才發現我就站在旋轉梯底下觀察著一切。我舉步走向吧台，所有人急忙讓道，也不管自己有沒有擋著我的路。圍在塔德身邊的人群一瞬間消失得無影無蹤，全部躲到也不知道是不是眞的安全的安全距離以外。塔德待在原地，抬頭挺胸，想要隱藏心中的害怕，不過沒半點用處。最後我來到他的面前向他微微一笑，只笑得他汗流浹背，咕嚕一聲吞了一大口口水。

「哈囉，塔德。」我冷冷地說道。「我們又見面了。你還是老樣子呀。很高興聽說你順利接收了那筆遺產，我最喜歡看到接手的案子有個完美結局了。那麼，你還欠我一筆錢，塔德。我現在就想拿到錢。」

「你別想嚇我。」塔德尖聲叫道。「我現在有錢了。我請得起保鏢。」

他伸出肥胖的左手，在右手手腕上的符咒手環上扯下兩顆又大又醜的護身符，丟在我跟他中間的地板上。酒館突然劇烈震動，一道來自另一個世界的傳送門瞬間開啓，自裡面走出兩隻怪物。牠們具有爬蟲類的特徵，身上除了肌肉還是肌肉，臉上毛髮密佈，嘴裡尖牙亂凸，有如兩排鋸子一般。牠們在我跟塔德之間張牙舞爪了好一會兒，接著看了看我，我也看了看牠們，最後牠們同時轉向塔德。

「你叫我們出來是爲了要對付他？」左邊的那隻說。「要我們對付天殺的約翰·泰勒？你瘋了嗎？」

「沒錯。」右邊的那隻說道。「穩輸的架，我們是不打的。」

兩隻怪物說完，當場就回到屬於牠們的世界去了。塔德繼續召喚其他的護身符，然而始終沒有任何怪物願意幫他打架。我靜靜地站在那裡，表面上輕鬆自在，其實心臟跳得十分厲害。那些爬蟲類的體型可眞是大得嚇人呀……幸虧我名聲響亮，不然可眞是糟糕。鬧了好一陣子，塔德終於放棄，滿臉不情願地對我看來。我微微向他一笑，差點沒把他給當場嚇死。

最後，他把現金、信用卡、珠寶、符咒手環以及所有身上的東西通通交了出來，而我則讓他活著離開酒吧。沒把他衣服扒光已經算很客氣了。我在吧台前坐下，跟艾力克斯聊起天來。其他人則因爲沒有見血而感到失望，紛紛回到他們自己的座位上繼續喝酒去了。

艾力克斯給我倒了一大杯白蘭地。「那麼，約翰，你最近住在哪裡？」

「住在眞實世界。」我含糊不清地說。「我通勤來夜城工作。這樣比較安全。」

「你不會還睡在辦公室裡吧？」

「不是。現在回到夜城不愁沒有工作可接，所以我又付得起房租了。」我算了算從塔德身上搜刮來的錢。「事實上，或許我還可以提升一下生活品質。」

「反正不要搬回來就對了。」艾力克斯說。「從你回到夜城工作開始，已經有不少心懷不軌的人在打你的主意了，其中有些還找到我這裡來。你知道他們願意付多少錢打探你的住處嗎？我把錢都收下了，還撒了一堆謊呢。」

「我在眞實世界裡睡得比較安穩。」我承認道。在夜城隨時可能遇上痛苦使者，所以之前我才會在外面躲了五年。

「高興回來嗎？」艾力克斯問。

「目前還說不上來，不過起碼在這裡有案子接。這是我的專長得以發揮的地方，說不定我眞的屬於這裡。只不過……」

「沒錯。」艾力克斯道。「只不過。只不過這裡是夜城，人類夢想中最黑暗的一面。」要看透艾力克斯隱藏在太陽眼鏡後面的表情並非易事，不過他的語氣中似乎透露出一點關懷之情。「聽說有很多人想要你的命，約翰。很多很多人。你知道……如果有需要的話，我隨時歡迎你來這裡小憩片刻。這裡是個可以提供一點安全感的地方。」

「謝了。」我說。其實我很感動，但是不方便表達出來，因為艾力克斯會不好意思。「我會銘記在心的。最近有什麼新聞嗎？」

艾力克斯想了想。「說來奇怪，最近的新聞還真不多。潔西卡・莎羅又出來鬧事，不過你當然已經知道了。另外我不知道是不是巧合，不過最近有很多大人物行事都變得很低調，似乎不想引人注意。說不定……這跟目前當紅的謠言有關。傳說最近發現有天使在夜城出沒。」

我忍不住揚眉問道：「天使？真的嗎？」

「顯然天堂跟地獄都派了天使出來。雖然目前為止還沒有人親眼見過他們，不過這也可能是因為沒人知道天使會以什麼型態現身的關係。已經很久沒有任何天使出現在物質界裡了。惡魔就有，不過他們跟墮落天使並不同掛……」

「我在聖猶大教堂裡……遇上了某種東西。」我邊想邊道。「某種跟不信之徒差不多恐怖的東西……天使出現在夜城……這一定是個徵兆，表示最近會發生大事。」

「那他們最好小心一點。」艾力克斯笑道。「只要不是固定在地上的、通了電的或是有詛咒的東西，本地的敗類可說是無所不偷。要是哪天我發現門外站著丟了翅膀的大天使米迦勒〔註一〕，我想也沒什麼好驚訝的。」

我看著他道：「你對天使所知不多，對吧，艾力克斯？」

「凡間的強者就已經夠我頭大的了。」艾力克斯說。「那些傢伙不喜歡我這種場所，而且給小費的時候又很吝嗇。」

他沒有提起自己的血統，不過他也沒必要提。因爲大家都知道他的祖先可以追溯到亞瑟．潘德拉剛〔註二〕跟梅林．撒旦斯邦，而且梅林本人如今就埋葬在這裡的酒窖底下。他偶爾還是會在人間現身，有時是爲了維持秩序，有時純粹是出來嚇人。在夜城，眞正強者的影響力即使在死後也不會消失。

「忘掉一切世俗上對天使的刻板印象。」我緩緩說道。「天使絕不是什麼身穿長袍、背負雙翼、手持豎琴的一群好人。天使是上帝的打手，是祂在人間的意念實體，等於是精神層面的一種管理程式。如果上帝想要毀滅一座城市，或是滅絕某個種族的時候，祂就會派天使出面。當審判日終於到來，世界末日降臨之際，毀滅一切的將會是這些天使。天使是一種無比強大的存在，絕對不容小覷。至於墮落的天使，我就不想多提了。」

這時我身後有人說話了。那個聲音聽起來彬彬有禮、風度翩翩，帶有一點我聽不出來自何方的口音。

「原諒我的無禮，請問你是約翰．泰勒嗎？」

我好整以暇地轉過身去，絲毫沒有露出驚訝的神情，不過老實說我眞的嚇了一大跳。世界上沒有幾個人能夠偷溜到我身後而不被察覺，我一直對這種能力感到自豪，因爲這在夜城裡可是一項非常實用的生存技能。

我身後站了一個矮矮胖胖的男人，膚色偏暗，眼神和藹，頭髮跟鬍鬚烏黑發亮，梳理得十分整齊。他身穿一件看來十分名貴的長外套。

「我說不定是。」我道。「要看問的人是誰了。」

「我叫猶德。」

「嘿，猶德。」

註一：聖米迦勒，《啟示錄》裡所記載的天使長（大天使）。

註二：亞瑟．潘德拉剛（Arthur Pendragon），即亞瑟王。

他皺了皺眉頭，顯然並不肯定我是不是他要找的人。我微微一笑。

「我就是泰勒。有什麼可以效勞的嗎，猶德？」

他看了看艾力克斯，又看了看吧台上的其他酒客，發現這些傢伙全部都在施展各種技巧偷聽我們的談話。猶德回頭看著我道：「可以找個隱密點的地方嗎，泰勒先生？我想要委託你辦件案子。酬勞絕對優渥。」

「你講話實在太中聽了，猶德。到我辦公室裡來談吧。」

我帶他進入吧台後方的一個小包廂裡，然後面對面坐了下來。猶德神情不定地看著四周，顯然很不習慣來這種地方。他看起來就不像是會上酒吧的人，不過話說回來，我也看不出來他像是會去什麼地方的人。他很特別……因爲我無法將其歸類。我只能肯定他心中藏有不爲人知的秘密。他親切地看著我，似乎很想跟我建立好感。接著他靠到我面前，以一種低沉自信的聲音對我說話。

「我代表梵蒂崗而來，泰勒先生。教宗想請你幫他找樣東西。」

「教宗要僱用我？爲了什麼？有人偷了他的戒子嗎？」

「不是這麼簡單的小事，泰勒先生。」

「他爲什麼不派個牧師來？」

「我就是個牧師，只是我……不想洩露身分。」他又看了看包廂外面的情景，神情有點緊張。他並不是不屑這個地方，而是有點……困惑，或者說不是很自在。他再度看向我，有點不好意思地笑道：「最近我很少出門。我已經好久好久沒有跟外界接觸了。教宗要我來找你，是因爲我對……失蹤物品有一定程度的了解。是這樣的，平常我是負責打理梵蒂崗裡的『禁忌圖書館』。那是一間位於地底下的秘密圖書館，其中存放的都是教廷認爲不適合公諸於世的文件。」

「比如說〈彼拉多福音〉（註一）？」我忍不住賣弄一番。「〈伏尼契手稿〉（註二）的譯文？〈葛倫戴爾雷克斯的證詞〉？」

註一：彼拉多福音（the Gospel According to Pilate），描述基督受難的文獻。

註二：伏尼契手稿（Voynich Manuscript），二十世紀初期由書商伏尼契購得的神秘書稿，作者不詳，附有插圖，因為文句令人費解，被認為是以某種未知語言書寫。這份手稿現存於耶魯大學。

猶德緩緩點頭，什麼也沒透露。「就是這類的文件，沒錯。我來這裡是因爲有一件失蹤已久的強大法器再度現世。當然了，它此刻正藏在夜城之中。」

輪到我若有所思地點點頭了。「這件法器必定十分重要，不然梵蒂崗不會出面干涉。又或許……非常危險？到底是什麼東西？」

「墮落聖杯。就是猶大在最後晚餐裡所使用的杯子。」

我不禁愣了一愣，然後靠著椅背思考了好一會兒。「我從來沒聽過……墮落聖杯。」

「聽過的人不多。」猶德說。「墮落聖杯能夠引發所有邪惡之事，鼓勵一切慾望，加速罪孽發生，徹底腐化所有與之接觸的心靈。它同時也是一股強大力量的泉源……數個世紀以來，它已經易主無數次。據說曾經持有過墮落聖杯的人包括了托爾克馬達(註一)、拉斯普丁(註二)，以及阿道夫．希特勒。話說回來，如果希特勒眞的擁有傳說中那麼多神秘法器的話，他就應該會打贏二次世界大戰才對。不管怎麼樣，墮落聖杯此刻就藏在夜城的某處，靜靜地等待新主人出現。」

我聽得熱血沸騰，差點吹起口哨來，不過沒眞的吹，因爲我得顧及自己的形象才行。「難怪有天使出現在夜城裡。」

「已經來了嗎？」猶德突然湊向前，眼中和藹的神情消失無形。「你確定？」

「不確定。」我冷靜地說。「目前爲止還只是傳言。傳說天堂跟地獄都已經派出使徒進駐夜城了。」

「狗屎。」猶德說。我嚇了一跳，因爲實在想不到身爲牧師兼圖書館員的人竟會說這種話。

「泰勒先生，請你務必要在上帝跟惡魔的使者直接介入之前幫我們找到墮落聖杯。千萬不要心存幻想，如果天堂跟地獄的使者在這裡開戰的話，整個夜城都將難逃一劫。」

「只要墮落聖杯眞的在夜城裡，我就能把它找出來。」我滿懷信心地說。不過他似乎不像我這麼有信心。

註一：托爾克馬達（Torquemada, Tomas de），西班牙異端裁判所第一任總裁判官。

註二：拉斯普丁（Grigory Rasputin），俄羅斯末代沙皇尼古拉斯二世所寵信的東正教教十。

「這件事絕不簡單，泰勒先生，即使有你著名的天賦爲後盾也不容易達成。想要染指墮落聖杯的人太多了，有的意圖良善，有的則心懷不軌。如果落到壞人手中，說不定連天堂與地獄之間的平衡都會受到波及。世界末日可能會提早到來，而我們還沒準備好呀。」

「所以萬一夜城沒有毀在天使的手裡，也還是可能會被得到墮落聖杯的人給夷爲平地？太好了，我就喜歡在有壓力的環境下工作。」

「你願意接受委託？」

「我什麼都找得到。這是我的專長，也是你來找我的原因，不是嗎？」

「你的評價很高。」猶德說。「不過爲了你的自尊著想，我還是不要說出推薦你的是誰比較好。之前墮落聖杯是藏在五角大廈深處的『藍光之屋』裡，不過被一名守衛通過重重防護偷偷運了出來。當然，他根本留不住墮落聖杯，那個可憐的傻瓜。聖杯只是利用他逃離五角大廈而已。」

我想起聖猶大教堂中的黑衣人以及發生在他身上的慘劇。當時那個恐怖的聲音曾經提到「聖杯」。我沒把這件事說出來，雖然沒有理由對猶德隱瞞此事，但是我也沒有理由完全信任他。我很肯定他沒有把事實全盤托出。

「只要聖杯在夜城，我就能找出來。」我說。「但是我不確定該不該把它交給梵蒂崗。你們最近名聲很差，從銀行界的醜聞到納粹逃亡路線什麼都來。」

「我會將墮落聖杯直接交給教宗。」猶德眞誠地說。「他會將聖杯藏在最合適的地方，直到世界末日爲止。如果你連教宗都不能相信的話，世界上還有誰值得信任呢？」

「這是個好問題。」我說。他的說法不足以令我信服，這點他也看得出來。於是他想了一想。

「我們只想維持現狀，泰勒先生。因爲人類還沒準備好去面對任何重大改變。我可以提供二十五萬英鎊作爲酬勞，預付五萬，全部現金交易。」

他將一個塞滿錢的信封放在桌上。我沒伸手去碰，雖然實在很想。二十五萬英鎊？

「這錢不好賺？」

「很不好賺。」猶德說。「墮落聖杯一到手，我們就會償付剩下的錢。」

「聽起來不錯。」我說著拿起桌上的信封塞進口袋，然後對猶德一笑：「就這麼說定了，猶德。」

接著我們同時抬頭看向對面小包廂走來的三個壯漢。他們走到包廂門口站定，隨時準備硬闖進來。我之前就聽到他們的腳步聲，但是沒說什麼，因為我不想在猶德談錢的時候打斷他。三名壯漢不懷好意地盯著我們兩人看。儘管他們西裝筆挺，不過看起來就跟穿著印有「我是黑幫殺手」字樣的上衣沒什麼兩樣，因為任何人只要看他們的長相就知道是流氓。他們滿臉橫肉，神情奸詐，而且都有帶槍。專業、冷靜，以絕佳的態勢包圍我跟猶德，同時也把包廂內的景象全部擋住。酒館中的其他人完全看不見包廂裡發生的事，也聽不到我們的呼救聲，雖然我根本沒打算求救。三人之中最壯的一個對我擠出一個難看的微笑。

「別管那個打掃教堂的傢伙，泰勒。從現在開始，你要為我們工作。」

我想了想道：「如果我不願意呢？」

壯漢聳肩：「要嘛就幫我們找出墮落聖杯，不然就只有死路一條。你自己選吧。」

我神情兇狠地對他一笑，不過他居然沒有半點退縮。「你們的槍裡都沒了彈。」我說。

三名壯漢神情困惑，彼此對看。我舉起雙手，張開手掌，任由掌中的許多子彈滑落在地。他們扣下扳機，但是什麼都沒有發生。他們開始怕了。

「我想你們該走了。」我說。「如果你們不希望自己的內臟跟那些子彈一樣被我拿出來的話就趕快走吧。」

他們收槍離去，不過還沒嚇到拔腿就逃的地步。我面帶歉意地對猶德微笑。「男孩子就是這樣。把事情交給我就好了，我會看著辦的。」

「動作要快，拜託了，泰勒先生。」他看著我，雙眼中散發出眞誠的光芒。這招對其他人可能會很有效，對我就免了。「我們都沒多少時間了。」

他站起來，我也跟著起身。「如果有消息要怎麼找你？」

「你找不到我的。」他說。「我會來找你。」

他穿越酒館，頭也不回地離開。有趣的是，在他路過的時候，人們都會主動讓道，不過他們似乎自己都沒有意識到這一點。猶德這個人絕不像表面這麼簡單。梵蒂崗不可能隨便派個無名小卒前來夜城的。我回到艾力克斯面前，看到他正在幫帽子裡的手倒酒，而旁邊的科學怪人則在試圖綁緊左腕上的線頭。艾力克斯對我點點頭。

「又接了新工作？」

「看來是這樣。」

「有趣的案子？」

「這個嘛，總之是滿不同的。我想這一回會需要蘇西的幫助。」

「啊，」艾力克斯道。「原來是那種案子。」

突然之間我身邊傳來一陣巨響、一道閃電、一堆硝煙，接著就看到一個巫師憑空出現。他身穿暗紫大長袍，頭戴傳統尖頂帽，身材高瘦、膚色黝黑、神情銳利、氣度恢弘，手上留了黑指甲，嘴邊長了山羊鬍。他伸手指向我，以一種十分狠辣的眼神對我瞪來——

「泰勒！把墮落聖杯帶來給我，不然就讓你見識我的手段！」

趁著巫師注意力集中在我身上的時候，艾力克斯不慌不忙地從吧台後方取出一支開酒用的木槌。他拉下巫師的尖頂帽，然後對準腦袋就是一槌。巫師叫了一聲，當場倒下。艾力克斯提高音量道：

「露西！貝蒂！收垃圾的時間到了！」

露西跟貝蒂．柯爾特倫，艾力克斯的保鏢，很開心地跑來把地上的巫師給抬了出去。艾力克斯看著我。

「墮落聖杯？」

「相信我，艾力克斯。你絕對不會想知道的。」

他嘆口氣。「泰勒，離開吧，你會影響酒館生意的。」

chaper 3 暗中密會

nts of Light and Darkness Agents of Light and Darkness Agents of Light and Darkness Agents of Light and Darkness Agents of L

陌生人酒館外面的小巷子還是跟往常一樣黑暗、陰沉以及髒亂。暗藍色的月光灑落，爲巷子之中帶來一種冰冷的邪惡氣息，有如人們在夢中行走的街道一般，永遠都不會通往什麼好地方。不過在夜城裡，這種巷子也沒什麼特別的就是了。我越過散亂滿地的垃圾，對著巷子盡頭的街燈前進。從地上隨處可見的殘肢斷臂來看，「純眞電鋸小姊妹」今天多半已經忙了一個晚上了。看來今年的耶誕節將會提早到來。

突然之間巷口出現了一道身影，在霓虹燈的閃爍之下看來模糊不清。我停下腳步，心中緊張到幾乎忘了呼吸。上次路過這條巷子的時候，我被一群沒有臉的痛苦使者伏擊，要不是有老朋友剃刀艾迪的幫忙，根本沒機會逃出生天。話說回來，那道陷阱本來就是艾迪設下的，不過在夜城裡，朋友就是這樣了。

幸好這一次在巷口的身影只有一個，而且看起來像是個女人。當她邁開步伐朝我走來的時候，一道金色的光芒灑落於她身周，爲她照亮面前的道路。她帶著一頭亮眼的金髮、美麗的容顏，以及極盡性感之能事的惹火身材，優雅動人地走在屬於她自己的光芒之中。她就是外表正處於黃金年代、身穿招牌白色洋裝的瑪麗蓮夢露。不是外貌神似之人、也不是什麼替身，而是貨眞價實的瑪麗蓮夢露，全身上下散發出無比的魅力，充滿朝氣與笑容，就跟在電影裡的形象一模一樣。甜美性感的瑪莉蓮，在她專用的聚光燈之下向我緩緩走來。

她來到我面前停下腳步，笑容令我難以逼視。她的體味有如性愛、汗水好比檀香，然而不管她的微笑有多動人，真正令人無法招架的還是來自她雙眼之中所散發出來的濃濃熱情。

「哈囉，親愛的。」她以一種調情般的語氣說道。「真高興終於找到你了。有人託我帶段口訊給你。」

「麻煩妳了。」我小心翼翼地說。

她發出世界知名的招牌笑聲，對我皺了皺鼻頭，然後遞給我一封大白信封。「這是給你的，甜心。信封裡是一張空白支票，上面有休斯先生本人的親筆簽名。他有心收藏墮落聖杯。只要把聖杯帶來給他，你就可以在這張支票上填上任何數字。他是不是很大方呢？」

「請容許我問個問題。」我說。「妳不是死了嗎？」

她咯咯嬌笑，花枝亂顫，髮絲飄散，在空中畫出動人的波浪。沐浴在她如此性感的氣息之下就好像直視噴火的大火爐一樣。

「喔，那不是我。霍華(註)很懂得照顧朋友的。」

「我以為他也早就死了。」

「有錢到那種地步的人是不會死的，親愛的。除非他們自己想死。他們只是為了逃稅而搬到別的空間去住罷了。最近他都跟一些非常有權力的人混在一起。」

「人？」

「基本上算是人囉。」

我掂了掂信封，認真考慮了一下。我從未收過空白支票，講真的還滿誘人的。只不過……我對瑪莉蓮抱歉地笑了笑。

「抱歉，親愛的。已經有別人僱用我了。」

「我相信休斯先生付得起任何……」

「錢不是問題，問題是我答應了人家。」

註：霍華．休斯，美國億萬富翁，電影「神鬼玩家」就是在描繪他精彩傳奇的人生。

「喔。你確定……我不能提供什麼服務讓你改變心意嗎？」

她深深吸了口氣，有意無意地將胸口向我貼近，看得我幾乎喘不過氣來。「明天一早我多半會痛恨自己。」我終於開口道。「不過我必須拒絕妳的提議。我賣的是服務，不是我自己。」

她噘起性感的雙唇，說道：「每個人都有個價錢，達令。我們只是還沒找到你的價錢而已。」

「我對客戶絕對忠誠。」我說。「這是我僅存的榮譽。」

「榮譽？」瑪莉蓮皺著鼻頭道。「在夜城，榮譽可不能當飯吃呀。再見囉，親愛的。噗噗滴噗。」

她對我吹了個飛吻，然後以左腳高跟鞋爲支點，優雅地轉過身去，緩緩向街口前進。她走在聚光燈下，依然保持巨星架勢，魅力不減當年。我一直看著她離去，直到她消失在巷外的霓虹之中，這才低下頭來看著手中的信封。本來我有一股將之撕毀的衝動，不過冷靜想想，我還是小心地將它放入我的外套口袋。天知道霍華．休斯親筆簽名的支票會在什麼時候派上用場。

我環顧四周，想要找個黑暗的角落。雖然躲在黑暗之中並不保險，不過在離陌生人酒館這麼近的地方總可以找到一些永遠存在的黑暗角落。我走入最近的陰影之中，踢開了幾隻地上的斷手，然後盤腿坐下。我有事要辦，而這裡沒人會打擾我。既然已經有一名強者知道我在尋找墮落聖杯，那就表示所有人都知道了。至少，所有稱得上是號人物的人都知道了。他們都會開始找我，而他們派來的人多半不會像瑪莉蓮這麼賞心悅目又彬彬有禮。墮落聖杯是屬於會引起奪寶戰爭的那種寶物，我可不想搞到連當權者都要來分一杯羹的地步。不，我得要盡快取得墮落聖杯才行，這表示使用天賦的時機到了。通常我不太願意使用我的天賦，因爲這麼做會讓我的心靈在夜空中綻放光芒，對所有的敵人暴露我所在的位置。不過話說回來，我能有今天都是因爲我的天賦，若非如此，我也不會成爲世界頂尖的尋物專家。

我的天賦就是能夠找到任何事、任何人。不管他們躲得多好，在我眼中都無所遁形。

於是我坐在陰影之中，背靠著牆，深呼吸幾口氣，然後闔上雙眼，集中精神，開啓了潛藏在心靈之中的眼睛，我的第三隻眼，我的心眼。能量在我身周環繞，越卉越急，接著綻放而出，往四面八方衝去，點燃夜空，使我可以清楚地看見所有一切。數百萬個聲音有如雷鳴一般同時竄入耳中，其中還有很多都不是發自人口。我必須竭盡所能地集中注意力，將我的目光專注在想要找尋的物品之上。雜音很快地散去，我已經找出了一條方向，逐漸接近我的目標。然而就在此時，一股無形的力量自其他的世界而來，將我的心靈自肉體中抽離而出。當物質世界在我眼前消失的時候，我感到一陣劇烈的震動，但卻分不出是在急升還是在驟降。接著我就發現自己已經出現在別的地方。

這一回，換我站在聚光燈下了。一道強光自我頭頂灑下，有如釘住昆蟲的釘子一樣將我困於其中。我有一種強烈的裸露感，彷彿那道強光將我內在心靈裡的所有物，不論好壞，通通攤在世人面前一般。強光之外是一片完全的漆黑，深沉、幽暗，不過我知道這片黑暗是爲了保護我而存在，因爲我脆弱的心靈絕對無法承受隱藏在黑暗之後的景象。我可以感到自己並不孤獨，在我左右兩邊各有一支強大至極的勢力集結。騷動的聲音不斷自黑暗中傳來，彷彿有東西在拍擊著巨大的翅膀。我的心靈，或者說我的靈魂，被人綁架了。我被強行帶入更高層次的異界之中，在一個精神層面的邊界之內。這個異界並非天堂或是地獄，但是在這裡，人可以同時看見來自兩個境界的景象。

一個聲音自我身邊響起。那是一個許多聲音同時發出的合音，聽起來像是一個只唱高音部的唱詩班。我一聽到這個聲音，身體馬上就起了雞皮疙瘩，因爲我聽過這個聲音，就在聖猶大教堂裡面。那是一個十分強悍而傲慢的聲音，其中蘊含了經過無數的歲月洗練、任誰也無法挑戰的權威。

「黑暗的聖餐杯再度迷途，於凡人世界中重新現世。此事我們無法坐視，只因此物過於強大，絕非凡人之力所能駕馭。爲此，我們離開光榮境地，再度踏入物質境界之中。」

我的另一邊響起了第二個合音，宏偉、交雜，充滿了不協調的喧囂。「墮落聖杯失落凡間已久。闇黑之聖餐杯，偉大的腐敗者，此物必須交由正確之手掌管，藉以完成其天命。最後的時刻終於來臨。爲此，我們離開煉獄境地，再度踏入物質境界之中。」

我腦中所能想到的只有：「喔，狗屎……」

「把你知道有關聖杯的一切都告訴我們。」第一個聲音說，第二個聲音緊接地道：「告訴我們，告訴我們……」

「目前爲止我什麼都不知道。」我說，一點都沒有任何想要撒謊的念頭。「我才剛開始找而已。」

「幫我們把它找出來。」第一個聲音道。其語氣有如命運一般無法動搖，就像是找尋船隻的巨大冰山。

「幫我們把它找出來。」第二個聲音道。語氣有如癌症一般冷漠、酷刑一般無情。

此時雙方都開始抬高音量，試圖以恐怖的言語征服身處黑暗中的我，不過我絕不允許自己在這種情況下退縮。只要在這種絕對強大的生命之前展露出絲毫懦弱，我就會永遠被它們玩弄於股掌之中。我很害怕，但是不能讓它們發現。兩邊人馬都有能力在一瞬間將我毀滅，而且它們並不需要理由。不過只要我還有利用價值，它們就不會這麼做。我望向黑暗，對兩邊人馬展露出同等輕蔑的表情。不管是天使還是魔鬼，它們都是代表背後一股強大的勢力說話。我很確定有一個問題可以洩漏出它們在找尋聖杯這件事情上的眞正實力。

「如果你們眞的如此強大，」我說。「爲什麼你們不能自己找出墮落聖杯？我以爲沒有任何東西可以逃過你們的眼睛，或是你們老闆的眼睛？」

「我們找不到它。」第一個聲音道。「它隱藏在自身本質之後。」

「我們找不到它。」第二個聲音道。「它隱藏在自身能力之後。」

「但是你可以找出所有隱藏之物。」

「幫我們找。」

「我不是免費的。」我冷冷地說。「你們如果有辦法強迫我，絕不會等到現在。不要浪費時間威脅我了，直接出個價吧。」

雙方人馬沉默了一會兒，然後同時問道：「你想要什麼？」

「打聽消息。」我說。「我神秘的母親失蹤已久，我要知道關於她的一切。告訴我她的本質、她的身分，以及她如今身在何處。」

「辦不到。」第一個聲音說。「我們只知道必要的事情，而有些事情是禁忌，即使對我們而言也一樣。」

「辦不到。」第二個聲音說。「我們只知道來自黑暗的耳語，而有些事情太過恐怖，即使對我們而言也是一樣。」

「所以說穿了，」我說。「你們也不過是一群比較高級的信差罷了，沒必要的資訊，上面也不會讓你們知道。送我回去。我還有事要辦。」

「你不能用這種語氣跟我們說話。」第一個聲音說，語氣裡帶有明顯的抑揚頓挫。「藐視我們的人絕對逃不過懲罰。」

我看向另外一邊，說道：「你們就任由他們懲罰我嗎？要是我受傷了，你們就失去了一個肯定可以幫你們找到聖杯的人囉。」

「不准碰那名凡人。」第二個聲音立刻說。

「你們不能用這種語氣跟我們說話！」「我們愛用什麼語氣就用什麼語氣！一直以來就是如此！」黑暗中傳來一陣騷動，似乎兩方人馬已經準備好要大戰一場。四周開始浮現忿怒的言語、惡毒的詛咒，以及不祥的意圖。在這種情況下，我要偷偷溜走實在是再簡單不過的事了。我回到等在陌生人酒館之外的軀體裡面，發現由於靈魂的短暫缺席，我的身體已經開始變冷。我大聲呻吟，伸展四肢使血液流通。接著我緊緊閉起心門，謹慎地設下所有心靈防禦。人如果不學點心靈防禦的技巧的話，是絕對無法在夜城裡存活多久的。在這種地方敞開心門，不用多久你的腦袋就會比地獄裡的尖峰時刻還要擁擠了。

不過這也表示我將無法再次使用天賦。一旦我放下心防，天堂與地獄的使者一定立刻又會將我抓去，然後開出一個無法拒絕的價碼。看來，要解決這個案子，我得要動用比較麻煩的方法才行。我必須四處跑腿，找人問一些不太禮貌的問題，然後偶爾還得打上幾場架。

也就是說我比原先所以爲的還需要蘇西·休特幫忙。

□

霰彈蘇西的住所位於夜城中較爲低級的區域，一個人煙稀少、危機四伏的小巷子裡。巷子裡的光源來自附近店家及工作室的霓虹招牌，這些店裡賣的東西不但見不得光，而且來路不明，價錢更是高得離譜。這是一個連空氣都隱藏了下流氣息的地方。

霓虹燈迅速閃爍，照亮了站在窗後微笑的男男女女以及某些雙性人甚或無性人。某處傳來一陣音樂，既刺耳又誘人；某處又傳來了某人的慘叫聲，邊叫還邊懇求別人不要停止折磨他。

我走在馬路中央，因爲人行道上堆滿了噁心不已的垃圾，而且我也不想被人當街拉客。我盡量不引起任何人注意，也不去注意周遭發生的事。這樣比較安全。案子才剛接手，我可不想這麼早就開始傷人。蘇西的住所位於這個區域的正中央，房子兩邊分別是一家剝皮的跟一家賣肉的。外表上看來，蘇西住的房子殘舊、老破，簡直跟廢墟沒兩樣。年久失修的外牆早就被污濁的空氣染成一片漆黑，其上還貼有好多層爛海報，外加幾幅猥褻塗鴉。所有窗戶都破破爛爛，不過我知道那扇看起來斑駁破舊的大門其實是以鋼鐵強化過的，而且門後所用的鎖頭及防禦系統都是業界頂尖的產品，不但是尖端科技，還包含了強力魔法。蘇西對於居家安全是相當執著的。

知道她家大門密碼的人不多，我剛好就是其中一個。我看了看四周，確定附近沒有人，然後彎下腰去翻出隱藏式的密碼鍵盤（沒必要敲門或叫門，她不會理人，也從來不來開門。）我鍵入正確的密碼，說出我的姓名。過了一會兒，破爛的門上浮現了一張臉，一張不屬於人類的臉。臉上的三隻眼睛一隻接著一隻睜開，瞪著我瞧了一會兒，接著整張臉就沉回大門之中，就此消失不見，顯然對於不能朝我展開攻擊而感到非常失望。門打開了，我走了進去。後腳才剛離開地面，門就非常大力地在我身後關起。

空蕩蕩的大廳裡唯一的照明來自天花板上的一盞小燈泡。有一頭狼讓人用釘槍給釘死在牆壁上，其下地板上的血液還沒乾透。一隻老鼠受困在蜘蛛網中，無力地掙扎著。蘇西是個沒有打掃房子習慣的女人。我走過大廳，踏上看起來很不牢靠的樓梯，向二樓前進。空氣中潮濕而又充滿霉味，加上陰暗的燈光，讓我感覺自己有如走在水底一般。我的腳踏在木板階梯上，發出非常大的聲音，這當然是刻意設計的。

二樓中有著整棟公寓裡唯一擺有家具的兩個房間。一間用來睡覺，一間用來休息，蘇西就只關心這個。臥房的門沒關，我站在門口向裡面看了看，房間中央放了一個堆滿衣物的籃子，看起來就像個鳥巢一樣。角落裡放了一個髒得要命的廁所用垃圾筒，旁邊還有一個從某間旅館搶來的迷你酒櫃。一個衣櫥、一個梳妝台、一個槍架，這三樣家具上放了十幾把不同的武器。蘇西不在裡面。整間臥房散發出一個濃厚的女性臭味。

至少她不在床上。這是個好的徵兆。

我繼續向裡走，身旁的牆有一半是塌的，牆面上佈滿了許多老彈孔，以及許多用口紅跟眼影寫下的電話號碼、咒語、外帶一堆順手記下的小事情。蘇西的字寫得並不好看。我推開隔壁房間緊閉的房門，向裡面看了看。

窗簾就像往常一樣是拉下來的，將街道上的燈光及噪音全部阻擋在外，基本上就是要把整個世界通通隔開就對了。蘇西是個非常重視隱私的人。這個房間裡還是只有一個小燈泡提供照明，小燈泡上的拉繩被人打了個死結。地板上到處散落著外帶的便當盒，還有許多過期的槍枝雜誌、空酒瓶，以及壓爛的菸盒。一道牆邊疊滿了錄影帶跟DVD的盒子，而另一道牆上則掛了一大張由黛安娜・瑞格飾演艾瑪・皮爾太太的「復仇者」〔註〕電視影集大海報。海報下還有用看起來像血的顏料寫了「我的偶像」四個大字。蘇西・休特手裡拿著酒瓶，嘴角叼了根菸，懶洋洋地躺在一張老舊的綠皮沙發上，目不轉睛地看著面前那台超大寬螢幕電視機裡播放的影片。我慢慢晃到房間裡，走入蘇西的視野之中，給她許多時間去習慣我的出現。沙發旁邊觸手可及的地方靠了一把霰彈槍，而蘇西腳邊的地板上則堆了一堆手榴彈。蘇西隨時都準備好要應付任何一聲不出就跑進來的傢伙。我走到沙發旁，站在她身邊看著電視裡播放的影片，而她連正眼都沒對我瞧上一眼。電視裡演的是成龍的經典作品「龍兄虎弟」，這時正演到最後成龍大戰四個身穿皮衣的黑妞的那場戲。這是段經典場景，背景中充滿了叫囂跟誇大的拳擊聲。我看了看四周，發現這房間跟我上次來的時候一模一樣。除了架設在地上的那台電腦之外，房中再也沒有什麼其他的家具。蘇西現在連電話都不用了，因爲她根本沒有社交生活。如果有人要連絡她就只能透過電子郵件，而且她要是不爽的話還會好幾天都不看信。

每當蘇西沒有在工作的時候，她就會十分放縱自己。此刻她上半身穿的是一件髒兮兮的克利歐佩特拉瓊斯上衣，下半身穿的是一條再洗大概就爛掉了的牛仔褲。光腳，沒化妝。從外表看來，她應該有好一陣子沒有工作了。她變胖了，小腹都從褲子

註：復仇者（The Avengers），六〇年代的英國經典電視劇集，女主角皮爾夫人身手不凡，常著一襲連身的緊身皮衣。

裡凸出來，一頭金髮亂得跟什麼似的，而且全身發臭。她目不轉睛地盯著電視看，湊過酒瓶灌了一大口酒，也不把嘴裡的菸先拿起來，然後還把酒瓶遞給我。我接過酒瓶，小心地將它放到蘇西搆不到的地方。

「我上次來這裡已經是將近六年前的事了，蘇西。」我說，聲音剛好壓過電視的音量。「六年了，這老地方一點都沒變，還是那麼髒亂、那麼噁心。看起來像是全國的垃圾最後都會流落到妳家來一樣。我猜這棟房子還沒被老鼠佔領的唯一理由，大概是因爲老鼠都被妳吃光了吧？」

「炸老鼠配洋蔥味道很不錯。」蘇西說道，依然沒有轉頭看我。

「妳怎麼能這樣子過日子，蘇絲？」

「多多練習就好了。還有不要叫我蘇絲。給我安靜坐下，演得正精采的呢。」

「老天，妳眞是個邋遢鬼。」我沒在沙發上坐下，因爲我的外套才剛洗回來而已。

「妳從來不打掃家裡的嗎？」

「不打掃。不然我就會不知道東西都放到哪去了。你想要什麼，泰勒？」

「這個嘛，除了想要世界和平以及把姬蓮．安德森〔註〕浸泡在巧克力裡面之外，我還想看到妳吃點健康食品。妳不能老是靠垃圾食物過活。妳多久沒吃新鮮水果了？維他命C從哪裡來？」

「維他命藥片。科學眞的很偉大，不是嗎？我討厭水果。」

「我記得妳也不愛吃蔬菜。妳到現在還沒得壞血病眞是一個奇蹟。」

蘇西笑了笑：「如果接觸到那麼健康的東西，我的身體是會自我毀滅的。我偶爾會喝點蔬菜湯，這是唯一讓蔬菜偷渡進我體內的辦法。」

我把地上的空冰淇淋桶給踢到一邊去，大聲嘆口氣道：「我不喜歡看到妳這個樣子，蘇西。」

「那就別看。」

「既肥又懶還得意洋洋。妳難道一點野心都沒有嗎？」

「我的野心就是要光榮地死去。」她吸了一大口菸，然後以一種十分享受的表情把煙都吐了出來。

註：姬蓮．安德森（Gillian Anderson），飾演科幻影集「X檔案」女主角的演員。

我在椅背上坐下。「眞不知道我爲什麼要一直回到妳這裡來，蘇絲。」

「因爲像我們這種怪物就該聚在一起。」她終於收起笑容，轉過頭來面對我。「不然還有誰會跟我們一夥？」

我迎向她的目光。「妳應該可以過得更好的。」

「這麼說就太不了解我了。你到底想要幹嘛，泰勒？」

「妳在家裡躺多久了？幾天？幾個禮拜？」

她聳聳肩：「我暫時沒有工作。最近賞金獵人的生意很差。」

「正常人在工作之外都還擁有自己的生活。」

「我不是正常人。說眞的，看到正常人我就有種莫名的沮喪。對我而言，工作就是生活。」

「殺人也算是種生活？」

「不要放棄自己的專長，這是我的座右銘。見鬼了！我的殺人手法簡直是種藝術，應該要有人頒發獎狀給我才對……閉上你的嘴巴，乖乖看電影吧。我最討厭看到精采的時候被人打斷了。」

我安安靜靜地坐在她旁邊看了一會兒電影。據我所知，我就是蘇西最好的朋友了。她不喜歡出門見人，除非要見的是她要殺的人。她只有在工作的時候才會充滿活力，沒工作的時候她的一切就通通停擺，好像變成一棵植物一樣，呆呆地等待著下一個發揮專長的機會。她整個人就是為了殺人而生。

「我很擔心妳，蘇西。」

「不必。」

「妳需要離開這個垃圾堆，出去多認識點人。世上還是有些值得認識的男人。」

「我的生命裡並不缺乏男人。」

我不屑地哼了一聲：「但是那些男人都沒過多久就逃走了。」

「他們跟不上我的腳步也不是我的錯。」她挪了挪位置，下意識地放了個屁。

我瞪著她道：「他們之所以離開，通常是因為妳逼他們看太多遍『機車女郎』啦。」

「那是經典名片！」蘇西立刻說道。「瑪莉安．費絲佛最美的造型就是在這部片子裡了。這部片子可是跟『逍遙騎士』，還有羅傑．寇曼的《地獄天使》系列同等級的經典鉅作！」

「六年前，妳爲什麼對我開槍？」我一直到這句話脫口而出，才知道其實自己一直想問。

「我有懸賞你的通緝令。」蘇西說。「很嚴重的指控，很誘人的賞金。」

「妳明明知道通緝令是假的，整件事都是圈套。妳根本就知道，但妳還是向我開槍了。爲什麼？」

「因爲當時你已經決定要離開。」她小聲道。「我沒有別的辦法留你。」

「喔，蘇絲……」

「不然你以爲你爲什麼沒死？你知道我絕對不會失手的。如果我眞要殺你，你早就死了。」

「爲什麼妳不讓我離開？」

她看著我，說道：「因爲你屬於這裡。因爲……即使是像我們這種怪物也不希望感到孤獨。聽著，你到底是來幹嘛的，泰勒？你打擾我看電影了。」

「又是李小龍（註）。」我故意說錯，轉移話題。因爲我知道蘇西能夠坦誠到這個地步已經是極限了。

「不懂不要裝懂。這是成龍。」

「有什麼不一樣嗎？」

「別講這種褻瀆的話。成龍打得是不錯，不過李小龍才是眞正的神。」

「說起這個，」我故作輕鬆地道。「我有個案子想要妳幫忙。」

蘇西終於從沙發上坐起，全神貫注地看著我道：「跟李小龍有關的案子？」

「不是，是跟神有關的案子。最近有天使在夜城中現身。」

蘇西聳聳肩，眼睛又飄回電視螢幕上。「也該是時候了。或許他們是來把這鬼地方清理一下的。」

「或許。不過等他們清理完之後，夜城裡大概就沒剩幾個活人了。天使是來找尋墮落聖杯的，而有個客戶希望我能趕在他們之前先把聖杯弄到手。我想妳會願意幫我，酬勞眞的很優。」

註：李小龍（Bruce Lee），武術家，動作片巨星。

蘇西從身體底下抽出一個遙控器按下暫停鍵，讓成龍在螢幕之中停格。她看著我問道：「有多優？」

「我會付妳五萬英鎊，先付兩萬五，剩下的事成之後付清。」

蘇西面無表情地想了想。「會不會很危險？我可以殺很多人嗎？」

「我想……兩個答案應該都是肯定的。」

她微笑。「那就算我一份。」

於是我們就這麼說定了。其實蘇西根本不在乎酬勞，她從來就不把錢當一回事。她會談酬勞純粹是不想讓別人以爲可以佔她便宜罷了。對她而言，工作所提供的挑戰性才是眞正的重點。只有在跟足以摧毀她的勢力交手的過程中，她才能找到一點自我存在的價値。我從猶德給我的信封中掏出一半鈔票，丟在沙發上。她點點頭，但是沒有伸手去拿。她家裡根本沒有保險櫃之類的東西，不過在夜城裡也沒什麼人會蠢到來偷她的錢，因爲想自殺還有許多比較不痛苦的方式。她關掉電視，將剩下的菸在沙發上壓熄，順手彈到地上，然後對我看來。

「說正經的。天使……還有什麼墮落聖杯。見鬼了。這好像有點脫離我們熟悉的領域。銀子彈對天使有用嗎？」

「銀火箭都沒用。我想就算把天使跟核彈綁在一起引爆，他們大概連眼睛都不會眨一下。天使的力量絕對不能小覷。」

蘇西看了我好一會兒。我總是很難從那張冷漠的面具之下看出她的心意。「你有宗教信仰嗎，泰勒？」

我聳肩。「在夜城應該很難沒有宗教信仰吧。散兵坑裡是容不下無神論者的〔註一〕。我很肯定世界上有神的存在，一個造物主。我只是不認爲祂在乎我們。我覺得對神而言我們根本什麼都不是。妳呢？」

「我曾經自認是個不可知論者的叛徒。」她輕鬆地道。「現在我都說我是個重生的異端。之前我曾跟一群卡里〔註二〕狂熱者混過一段時間，但是他們說我太殘暴了。那

註一：散兵坑裡沒有無神論者（There is no atheist in a foxhole），意指槍林彈雨下，任誰都會需要心靈的寄託。

註二：卡里（Kali）：印度教中的毀滅女神。

群軟腳蝦。眞要說起來……我的信仰就是槍、刀，以及所有會爆炸的東西。想要尋找墮落聖杯，我信仰的東西多半都可以派上用場。這次應該會有其他競爭對手吧？」

「多到數不清。所以對抗天使跟惡魔與妳的信仰並不衝突？」

她冷冷一笑：「給我一個標靶，剩下的就不用你操心了。」接著她皺眉思考，說道：「我曾聽過一把武器……叫做『眞名之槍』。是一把專門爲了誅殺天使而造的武器。之前收藏家曾經拿這把槍來跟我交易，要我陪他睡一個晚上……」

「我認爲非不得已，不要考慮那種手段。」我婉轉地道。

她聳肩。「那我們該從哪裡著手？」

「這個嘛，我想先去找『惡魔大君幫』談談。」

「那些假幫派份子？衛生紙上的狗狗廣告都比他們危險。」

「他們並不像表面上那麼簡單。」蘇西不予置評。「他們絕對不簡單。」我說著站起身來，該是出發的時候了。「帶點必要的裝備就上路吧，蘇西。天堂跟地獄都已經來找過我了。我敢肯定我們沒有多少時間。」

蘇西極不優雅地跳下沙發，跌跌撞撞地往臥房走去。我耐心地等著她換裝打扮、整理裝備。到她再次出現在我面前的時候，整個人已經完全恢復成霰彈蘇西的造型。髒上衣跟破褲子都不見了，取而代之的是擦得閃亮的黑皮夾克、皮褲以及高跟皮靴，搭配許多鋼釘和鎖鏈。她傲人的雙峰之前掛了兩條子彈帶，右肩後方露出收在背上槍套裡的霰彈槍，腰帶上還掛了十幾顆各式各樣的手榴彈。她甚至梳了頭髮，化了淡妝，看起來危險致命，活力十足。蘇西．休特又開始工作了，這一回她將會直闖龍潭虎穴，而她可是再開心不過了。

「天呀，」我說。「簡直跟克拉克．肯特變身成超人一樣。」

「了不起的童子軍。」她諷刺道。「這次的客戶是什麼人，泰勒？」

「梵蒂崗，所以少說點髒話。妳準備好了嗎？」

「教宗會在森林裡大便嗎？我可是一生下來就準備好了。」

我提醒自己不要讓她跟猶德碰面，然後跟她一起離開她的住所。今天肯定是個讓別人送命的好日子。

chaper 4 惡魔、納粹，以及其他雜碎

ents of Light and Darkness Agents of Light and Darkness Agents of Light and Darkness Agents of Light and Darkness Agents of

我們往上城區前進。所有最齷齪、駭人、下流的娛樂場所都在上城區，所有外表美麗的人們都來這裡實現自己內心最醜陋的慾念。上城區裡的霓虹燈比普通的更具風格，廣告用語也更加細緻。你可以在這裡買到最好的食物、美酒、毒品及音樂，不過當然要付出代價。有些東西用錢就可以買到，有些需要付出一點自尊，不過到最後幾乎都是以自己的靈魂作代價。在上城區，你可看到所有人都在向上飛昇，同時也都在向下沉淪。每個人都在盡力包裝自己。我跟蘇西走在燈紅酒綠的人行道上，很快就發現街上的人潮的確比平常少了很多。光是想到天堂跟地獄的使者就夠把不少人給嚇得躲在家裡不敢出門。不過再怎麼樣，街上還是少不了一群受著慾望驅使的人們。他們閃躲著其他人的目光，為了生意或是娛樂而忙碌地奔走，就算審判日到來也不願停止追求。

三不五時會有一些特定人士發現蘇西·休特的身影，這時候他們就會安安靜靜地迅速消失在最近的巷子裡。有些人躲到門後，有些人遁入陰影、雙手抱頭，縮成一團，祈禱不要被她發現。有幾個人為了怕擋到蘇西的路，甚至跳到馬路上去。如此接近行駛在夜城裡的車輛絕對是一件極不明智的舉動，因為不是所有看起來像車的東西都是車，而這些不是車的東西通常很餓。

當你進入上城區，進入這個街道規劃整齊、佈滿行道樹跟老式街燈、所有建築都散發出虛假的高貴氣息的地方之時，你就等於是行走於一群更高級的人渣之間。這裡的餐廳得要提前好幾個月預約；這裡的百貨公司販賣所有華麗無用、純粹用於滿足人類虛榮的各式商品；這裡的酒窖藏有比人類文明還要古老的酒類飲料；這裡的武器店能夠讓人逆轉命運、討回名聲。當然，所有當紅的流行品牌在這裡都不會缺席。這裡還能買到愛情，或者說至少可以用租的，而且如果搞不愉快的話，保證可以報復。

這裡還有許多令人難以置信的夜店。

夜城裡有全世界最好的夜店、酒館以及低級夜總會。這些地方從來不打烊，音樂一直放，娛樂永不止歇。這些店家擁有世界上最新流行的主題、最迷人的女侍、最頹廢的裝潢以及最危險的墮落。這些都是會把人生吞活剝的地方，不過這種危機感同時也是它們吸引人的特色。「藍鸚鵡」、「吊死人」、「卡里班的洞」以及「異教徒之地」，只要通過這些地方的強化大門跟警衛，你就可以欣賞各式各樣的音樂，包括一些明明已經去世的人都會出現在這些地方現場演唱。羅伯特·強生依然在這裡彈奏藍調音樂，因為他需要錢購買靈魂居留權。葛倫．米勒跟他的大樂團還在演唱其著名的「賓夕法尼亞6-500」（本來他已經被收藏家冰凍起來收藏了好一陣子，不過最近又被放出來了。至於收藏家釋放他的理由，實在不適合在公共場所討論。）本屆「搖滾樂天空跳水全明星對抗賽」的贏家是巴帝．何利。蜥蜴王本人則剛從「影子瀑布」開完巡迴演唱會回來。影子瀑布是一個位於世界邊緣的小鎮，專門讓遭受世人遺忘的傳奇人物前去等死的地方。另外，在這裡還可以看到很多位貓王、約翰．藍儂以及吉米．韓德力克斯，多到誰也分不出眞假。總之只要你付了錢，要什麼有什麼。

蘇西跟我的目的地是一間叫做「地獄」的夜總會。這家店開張不久，只推薦給追求極限快感的變態前往。地獄是個非常私密的地方，主要顧客群是需要把痛楚跟愉悅合而為一才能享受其中快感的人們。在這裡，愛撫身體的手指都留有又尖又利的指甲，每一個熱吻都會讓嘴裡滲出血絲。地獄就跟一般人的印象一樣，是間開在地底下的店。從地面上看來，它只是家普通的餐廳，專賣一些絕種動物的料理。想要進入地獄，你必須走過一排髒兮兮的石階，來到一條低於地面的巷子。這裡沒有閃亮的霓虹燈，也沒有令人目眩的大招牌。你要嘛就是有辦法找出地獄的確實位置，不然你就不是他們想要吸引的客戶群。如果你是屬於還要詢問價錢的那種人，那地獄的消費絕對不是你所能負擔得起的。我以前來過這裡一次，爲了解救一個不想繼續履行合約的女妖。那件事後來搞得非常不愉快，不過在夜城常常就是這個樣子。

蘇西跟我走入巷子裡，完全不顧排隊等著進入地獄的人潮。有幾個人在我們經過的時候露出不爽的表情，不過沒人敢說什麼。蘇西跟我都是名人，而且我們的名聲都很唬人。有些人一看到我們就拿出攝影機猛拍，因爲他們不想錯過任何精采鏡頭。地獄唯一的入口是一扇超厚的大鐵門，門外站了兩個惡魔大君幫的成員。這兩個傢伙雙手抱胸而立，對每個人都是一副凶神惡煞的樣子。

乍看之下，惡魔大君幫的成員跟一般街頭幫派沒兩樣。他們身穿亮面皮衣，有點破舊但是不失流行，然後又在皮衣外面掛了一堆鋼釘鐵鍊之類的小飾品。他們的臉上畫滿油彩，身上塗滿俗氣至極的塗鴉，頭上用皮帶綁了兩根惡魔角。當他們微笑或罵人的時候，嘴中立刻會露出兩排尖牙。雖然他們看起來很像普通的街頭混混，不過自其體內投射出來的氣勢跟不自然的寧靜感都明白顯示出他們的與眾不同。隊伍裡的人全部都乖乖等待，沒有任何人想要插隊。他們都是有錢人家的小孩，手裡提的都是最新的性變態道具。他們父母的財產通通足以買下地獄，只不過在這裡有錢並不能代表什麼。除非你有認識的人，不然不管你是什麼身分都只能乖乖在外面排隊。

蘇西觀察著門口的兩個惡魔幫成員，對於他們故意忽略我們的存在感到非常不爽。通常她會把這種怠慢的態度當作私人恩怨。她看了看四周，然後對警衛跟排隊的人潮發出不屑的笑容。

「你知道所有最好的約會地點，泰勒。待會我得把鞋子拿去消毒一下。有什麼計畫嗎？」

「喔，我是打算直接闖進去，侮辱所有不該侮辱的人，然後把任何擋路的傢伙海扁一頓。」

蘇西笑了笑。「我就喜歡這種計畫。」

我滿臉自信地走到大君幫成員面前，蘇西則繃著張臉跟在我旁邊。隊伍中有些人看到這個情況，當即決定改去別家夜店。到了這個地步，那兩個看門的終於沒法繼續假裝沒看到我們了。他們盡力保持冷靜，不過從他們緊握的拳頭來看，實在稱不上有多冷靜。左邊的那個身高六呎四吋的低頭對我看來。

「回去排隊。」他斜嘴叫道。「我們這裡禁止插隊、不准賄賂、沒有例外、僅供會員進入。不過話說回來，你們兩個就算排隊也只是浪費時間而已，因為我們對服裝要求很嚴。」

「滾吧。」右邊那個六呎六吋的說。「不然我們就要做出一些會嚇到其他排隊客人的舉動了。」

「讓我殺了他們，泰勒。」蘇西說。「今晚到目前為止都好無聊。」

「控制一下你的婊子，泰勒。」左邊那個道。「否則我們會把她抓進去上點禮儀課。搞完之後，我們會把她還給你的，不過可能要等一、兩個禮拜。」

一陣呼嘯聲起，蘇西自背後拔出霰彈槍，槍管直指惡魔大君幫徒的鼻孔，對方嚇得當場閉嘴。

「我等著你來試試看。」她露出可怕的笑容道。

「這一位……」我對惡魔大君幫的人解釋道。「就是蘇西・休特，人稱霰彈蘇西，又叫『喔，天呀，是她，快跑』。」

「喔，狗屎。」兩個門房同時叫道。那一瞬間，我們身後傳來一大片逃離現場的腳步聲，顯然大部分排隊的人都認爲閃人的時刻到了。不過還是有少數人反而向我們湊近，眼神中流露出狂熱與飢渴的神情，期待看到鮮血與死亡的景象，想用一聲槍響爲這個夜晚揭開序幕。被槍指著的惡魔大君幫徒站得比平常還要僵直，而另外一個就趕緊對著門旁的隱藏式對講機回報狀況。一陣令人不安的寧靜過後，大鐵門向裡打開，暗巷中登時湧入一股強烈的燈光及吵雜的音樂。我好整以暇地走入「地獄」，盡量表現出泰然自若的模樣。蘇西狠狠地瞪了兩個門房一眼，然後跟著我的腳步走了進來。她的槍管一直指著門外的門房，直到鐵門完全關起爲止。她本來打算把槍收回槍套裡去，不過在看了一眼地獄裡面的環境之後，決定還是拿在手上比較妥當。

地獄裡充滿了電吉他的噪音，簡直震耳欲聾。燈光刺眼至極，令人無法逼視。這裡面沒有絲毫黑暗，沒有任何陰影，所有人的一舉一動都赤裸裸地攤在眾人眼前。大部分的客人都身穿哥德式皮衣、塑膠鞋，全身噴塗乳膠在大舞池中隨著人群晃動，不過眞正好戲卻是在外圍的角落中上演。

舞池外圍的石牆仿造中世紀地牢而建，到處都有快樂的顧客自願被銬在拷問臺上，或是吊在牢籠之中，或是享受鐵處女〔註〕的擁抱，不過把裡面的鐵刺換成針頭。

痛苦夾雜歡愉的尖叫聲隨處可聞，觀眾也不時發出如痴如狂的吶喊。受虐的人爲了取悅觀眾，還不時抽動，露出痛苦至極的表情。場中有好幾名美艷不可方物的性虐待女王，一身皮衣皮帶皮扣環，驕傲地走在荊棘叢中，面無表情地搜尋著獵物。這些痛苦女王所到之處，不論男女都會跪在她們腳下舔她們的皮靴。捆綁、鞭打、烙印，各式各樣的酷刑無所不包。鮮血飛濺，四下灑落，沿著地上的渠道緩緩流逝。濁重的空氣中充滿了汗水、廉價香水以及工業用強力消毒水的味道。

跟牙醫診所裡的感覺差不多，眞的。

蘇西看看周遭，神情漠然地說道：「我以爲魔鬼大君幫是個街頭幫派？他們怎麼還會經營這種高級變態夜總會？」

「他們只是喜歡假扮幫派份子而已。」我說。「這裡才是顯露他們本性的地方。」

一名手臂上捲了條長鞭的性虐待女王對著我們走來，揚起黑色的雙唇對我露出殘酷的微笑。蘇西回頭瞪了她一眼，她當場轉了方向消失在人潮之中。所謂識時務者爲俊傑就是這個意思了。我耐心地觀察著四周，對這裡發生的事情絲毫不爲所動。這裡種種的苦難與原罪都不過是擺個樣子罷了，跟我過去的眞實經驗比起來，這些根本算不了什麼。

某一個角落裡，有個男人只不過爲了穿個奶頭環就痛得大呼小叫。

一名女性惡魔幫徒終於發現了我們，推開一堆人群對著我們走來。人們慌忙地逃開，沒人膽敢阻擋她的去路。她是個身材高眺的金髮女子，擁有一雙長腿及傲人雙峰，從頭到腳都散發出亞利安人的完美特徵。她一身穿著打扮，包括臉上的油彩跟頭上的假角，都跟守門的那兩個惡魔幫徒沒什麼兩樣。她在我面前止步，露出滿嘴尖牙冷冷微笑，張大漆黑的雙眼向我瞪來。她知道蘇西的槍口正對準她，但是她絲毫都不在乎。

「你回來做什麼，泰勒？上次我們已經把話說得很清楚了，這裡永遠都不歡迎你再來。」

註：鐵處女，十九世紀歐洲的一種刑具，外觀有如棺材，鐵門開闔處裝有鐵釘，人進去後只要一關門就會被刺到慘不忍睹，乃是任何人一看就會發抖的極品刑具。

「只是參觀一下。」我冷靜地說。「想看看那百分之五的上流社會過的是什麼樣的日子。我很喜歡妳們這裡的裝潢，非常有感覺，對想要短暫體驗地獄苦難的人來講十分足夠。當然，這些不用我說妳也知道，是不是？」

「你不屬於這裡，」女惡魔說道。「妳也一樣。這裡不是你們偏好的地方，對吧？」

蘇西發出不屑的聲響，對於四周的景象不為所動。她一點也不在乎其他的人怎麼過日子，而我則非常善於隱藏心中的同情跟鄙夷。要是我沒隱藏好的話，就會立刻被這群惡魔輕視。我向來都能掌控自我的情緒，因為缺乏自制就會顯露弱點。我之所以能夠在夜城裡生存這麼久就是因為我有絕對的能力克制自己的衝動。從我還是個小孩開始，我就已經憑著這股自制力逃過無數次死亡危機。

我突然覺得這些喜好性虐待的傢伙非常幸福。能夠在沒有任何危險的情況下假裝自己處於危險之中，這不是很棒的一件事嗎？眼前各式各樣的虐待場面一點也沒有讓我感到不適，因為在夜城裡，人們都會在非常年輕的時候就學會包容。沒人能夠隨時都感到義憤填膺，那可是會把人累死的。

「你想幹嘛，泰勒？」

我對女惡魔愉快地微笑。「我要見骸骨先生跟血肉先生。我是爲了一樁生意而來，他們越早接見我，我跟蘇西就會越快離開。如果讓我們等太久的話，這裡一定會惹麻煩的。已經有一些客人被我們嚇跑了，他們來這裡是爲了追求危險的幻覺，而不是眞的想要置身危險之中。」

女惡魔很快地看了看周圍，發現有些年輕人已經擠在門口，個個神情緊張地瞪著蘇西。金髮惡魔低吼一聲，然後舉步走向通往二樓的旋轉梯。蘇西和我緊跟在她身後，穿過大批快樂的人群。有人趁亂捏了我的屁股一把，不過倒是沒人敢捏蘇西。我透過眼角向兩旁一看，發現四周都有惡魔大君幫的人向這邊集結，看起來似乎爲數不少。

樓梯的盡頭又是一扇鐵門，整個二樓只有一間超大的辦公室。女惡魔一邊看向頭上的攝影機，一邊伸手捶在鐵門之上。越來越多的惡魔幫眾爬上樓梯，完全阻斷了我們的退路。當然在探聽到消息之前，我們根本也沒有退走的打算。蘇西看著樓梯底下的「地獄」，嘴角微微一斜。

「妳不認同？」我小聲問。

「業餘玩家。」她輕蔑地道。「痛苦應該是一件很嚴肅的事才對。」

我可以接著這個話題深入探討下去，但是我沒有這麼做。有時候，朋友就該知道什麼問題不該問。我向樓梯下看一眼，發現有十幾個惡魔幫成員向我怒目而視。我露出一個高深莫測的笑容，不過他們並沒有被我唬到。鐵門終於開了，在女惡魔的帶領之下，我們進入了辦公室。

鐵門在所有惡魔幫的人通通進來之後關起，所有外面的喧囂登時消失，感覺就像是來到了另一顆星球一樣。這裡的隔音眞好，不過一時也看不出來是魔法還是高科技的隔音設備。整個二樓都被合併成一間舒適至極的會議廳，所有想像得到的華麗裝飾這裡都有。要是李伯・溫哥（註一）在這廳裡的任何一張椅子上睡著的話，大概就會舒服到永遠都不想起來。酒櫃裡存放了世界上所有種類的酒，甚至還包括了幾種不屬於這個世界的酒。冬酒、苦艾白蘭地、塔塔洛斯烈酒，所有的名酒應有盡有。桌上的大碗裡裝滿了七彩繽紛的藥丸跟各式各樣的藥粉。一面牆上裝了十幾台超大電視螢幕，螢幕裡播放著各式各樣的遊樂器遊戲。另一面牆上掛了一塊描寫路西法（註二）墮落過程的十五世紀大掛毯，可惜這塊掛毯不夠長，遮蓋不住隱藏於其後的斑斑血跡。地板大部分是強化玻璃，讓置身其中的人可以清楚地看見腳下的凡人安安靜靜地追尋變態的苦難。這對惡魔幫來講不過是一面反映出他們內心的鏡子罷了。我聽到辦公室的另一邊傳來一聲清喉嚨的聲音，於是抬頭看向站在超大紅木辦公桌後的骸骨先生跟血肉先生。他們是惡魔大君幫的老大，同時也是「地獄」的老闆。從他們臉上的表情看來，顯然都不是很高興看到我來訪。

與一般惡魔幫成員不同，血肉先生跟骸骨先生沒時間打扮成街頭混混的模樣。他們身穿裁剪合身的西裝，頭髮整齊後梳，嘴裡鑲金牙，渾身散發出一種迫切的野心，全然是一副生意人的扮相，是來自地獄的雅痞。骸骨先生身材瘦長，呈現出一種形容枯槁的美感，雙眸慘藍，眼神冰冷，只有他自己的微笑能與其比酷。血肉先生是個身

註一：李伯．溫哥，即《李伯大夢》中那一睡二十年的主角。

註二：路西法（Lucifiel），本是天使，反抗神而引發了著名的天使大戰，戰敗後被打落地獄，成了墮天使。

材壯碩的大胖子，油頭滿面，容光煥發，雙眼是淡淡的粉紅色，好像白化症病人一般。

權力所帶來的驕傲自大在這兩個老大身上一覽無遺。房間裡其他的惡魔幫份子這時已經在我們身後排成兩排。我算了一下，總共有三十二個，一半男的一半女的。他們擺出各式各樣凶狠的姿勢，以爲這樣就能唬住我們。我完全不理會他們，心知這是激怒他們的最佳方式。蘇西仍然舉著霰彈槍，槍口指在血肉先生跟骸骨先生之間，不過對方並未對此表露特別的擔心。

「很高興你們上來了。」骸骨先生開口說道，聲音輕柔中帶有邪惡。「你們打擾到店裡的客人了，這可不是我們所樂見的，對吧？」

「的確不是。」血肉先生道，聲音中充滿了虛假的眞誠。「有人想來杯冰鎭酩悅香檳嗎？我們剛好開了一瓶呢。或許再配一點魚子醬？還是想來點重口味的東西？」

他慢慢地舉起肥胖的手掌，牆上的大掛毯登時向上捲起，露出其後以鎖鍊吊起的一名年輕女子。她看起來才剛成年，全身一絲不掛，顯然已經死了。在她身體側面有一個大洞，一看就知道是被某種怪物咬出來的。淡紅色的爛肉掛在七零八落的肋骨之上，五臟六腑都已經不在體內，斷裂的肋骨上印有明顯的齒痕。她的頭髮有如夜晚一般漆黑；她的皮膚有如雪花一樣慘白，白到連嘴唇跟乳頭上都沒有其他顏色。當這具屍體緩緩抬頭對我看來的時候，我的心臟幾乎都要停止跳動。她的肉體已死，然而靈魂尚在，被殘酷地囚禁於殘敗的軀體之中。她眼中充滿了痛楚，注意力集中在我身上。她很清楚自己出了什麼事。她的雙唇無聲地蠕動。

救救我……救救我……

「樓下提供的各種酷刑都滿足不了這個女人，」血肉先生說。「她堅持要嘗試眞實的痛苦，而我們當然非常樂於幫忙。眞是美味的佳餚呀，是吧，骸骨先生？」

「儘管凡人蠢得可以，」骸骨先生說。「不過味道實在非常可口。」

蘇西上前一步，對準那女人的腦袋就是一槍。如此近距離射擊之下，對方的腦袋當場爆炸，將其身後的牆上濺得滿滿都是紅灰交加的鮮血、腦漿以及碎骨。無頭屍體扭動幾下，接著就再也不動了。蘇西順手重新裝塡兩發子彈，然後面無表情地看向骸骨先生及血肉先生。

「我看不慣。」

「沒錯。」我趁著那兩個幫派老大還在震驚的時候說道。「你們太過火了，惡魔大君，別忘了這裡並非你們的地盤。我認爲該是說正經事的時候了。把幻術都撤掉，以眞實面貌現身吧。」

街頭幫派跟雅痞老大在轉眼之間通通消失，取而代之的是一群膚色深紅的中世紀惡魔。個個身長八尺，壯健如牛，將我們兩人團團圍住，如原罪一般噁心，如硫磺那樣惡臭。牠們頭上有角，腳下有蹄，男女性別特徵異常誇張，尖牙跟利爪亦不遑多讓，彎曲的雙腿間垂著一條長長的尾巴。蘇西嗤之以鼻，滿臉不屑地對我瞪來。

「你明明知道我不喜歡驚喜。所以這才是你要我在子彈上刻十字跟滴聖水的眞正原因？」

「有備無患。」我冷靜道。「容我爲妳介紹眞正的惡魔大君幫。牠們是一群低階惡魔，爲了享受人世間的種種娛樂而從地獄中偷跑出來。」

「咖啡！」惡魔們齊聲道。「冰淇淋！冷水澡！」

「加上數不清的凡人供我們折磨。」骸骨先生說。「我們趕不走他們。是他們自願付錢尋求苦難的。」

「再說，最近我們根本都不需要親自出手了。」血肉先生說。「我們發現找別人代勞效果更好。我們僱用的性虐待女王都是貨眞價實的凡人，因為只有訓練精良的凡人才是眞正的凌虐專家。人眞是一種非常微妙的生命……」

「更何況，有些惡魔始終搞不懂『安全』這個字的意義。」骸骨先生說著看了看其他的惡魔幫眾。

「如果你們眞的是惡魔，」蘇西說。「那你們是如何逃出地獄的？」

眾惡魔忍不住發出一片竊笑。血肉先生笑道：「『怎麼這麼問？這裡就是地獄呀，浮士德，我們根本不曾離開。』〔註〕啊，最好的笑話還是老笑話。」

「回答小姐的問題。」我說。

骸骨先生聳聳肩。「這麼說好了，我們是一群政治難民。我們在躲避來自地獄的追捕。」

註：「怎麼這麼問？這裡就是地獄呀，浮士德，我們根本不曾離開」，語出哥德的《浮士德》。

「既然你們在躲避追捕，」蘇西道。「爲什麼把店名取爲『地獄』？這不會太明顯了嗎？」

「沒人說惡魔很聰明。」我道。「何況這些只是一群非常低階的惡魔。」

惡魔們舞動雙爪，紛紛向我們逼近，硫磺味越來越刺鼻。我感到雙眼一陣劇痛，於是小心翼翼地對著牠們微笑。

「你來這裡有什麼目的，泰勒？」骸骨先生問。

「墮落聖杯在夜城出現。」

「我們知道，不過不在我們手上。」血肉先生立刻回道。

「我從來沒想過會在你們手上。」我輕鬆道。「你們根本沒有那種實力。不過你們的人脈很廣，可以在同類之中獲得很多消息。如果想要知道墮落聖杯在誰的手上，或是快要落入誰的手中，來問你們就沒錯了。」

血肉先生十分篤定地搖搖頭，然後靠著辦公桌的一角坐下，他的體重讓那張桌子發出大聲的哀鳴。「我們不知道，也不想知道。我們花了很大的心力才能在躲避追捕的同時爬到今天這樣的地位。如果闇之聖餐杯，伊斯加略〔註〕之墮落，當眞出現在夜城，那麼此刻所有的強者一定都已經開始追查它的下落，就像是鯊魚聞到血腥味一樣。」

「還有天使也來了。」骸骨先生說，臉上表情好似吃了什麼很苦的東西一樣。「那些都是比我們高階許多的傢伙。他們是死亡，是毀滅，是最神聖與最邪惡的力量在凡間所化的實體。物質界的一切都無法與之對抗。」

「所以我們打算低調一點，安安靜靜地待在一旁。」血肉先生說。「直到上帝與魔鬼的使徒辦完事情離開爲止。只要這裡還能提供娛樂，我們就一點都不想被拖回地獄去。」

「生命是如此美好，」骸骨先生道。「在這美妙的世界裡。」

「墮落聖杯乃是無價之寶。」我建議道。「你們可以利用它來討價還價，尋求權力、財富以及庇護。」

「你無法利用猶大的杯子，」血肉先生說。「你只有被它利用的份。它是誘惑與

註：伊斯加略，指的就是猶大（Judas of Iscariot）。

腐敗的實體，會被它吸引的都是蠢蛋。它賜與的東西都是從你身上得來的，而且你還必須付出額外的代價。即使是我們都對墮落聖杯感到敬畏不已。」

惡魔群中傳來一陣騷動，似乎光是提起黑暗的聖餐杯就讓牠們十分不安。

「話說回來，」骸骨先生道。「我們倒是擁有另外一個可以跟夜城眾強者談判的籌碼，只要運用得宜，一樣可以爭取到權力、財富以及庇護。」

「喔，是嗎？」我禮貌地說。「什麼籌碼？」

「約翰．泰勒跟蘇西．休特的人頭。」骸骨先生不懷好意地笑道。「當然是跟你們這兩具惱人的身體分開的囉。這樣一方面可以讓我們報仇，另一方面又可以贏得所有人的尊敬。眞是一個沒有任何壞處的計畫呀。」

「等一等，」血肉先生連忙道。「我可以跟你談談嗎？你瘋了嗎？他們是約翰．泰勒跟蘇西．休特呀！」

「所以呢？」

「所以我寧願所有的器官都留在該在的地方，而不是灑得地上到處都是。要是你的性器官都讓人給割了下來，說要享受凡間的樂趣似乎不太容易！這兩個可是危險人物！」

「我們人多勢眾！」

「那又怎樣？」

「以路西法之名，你眞是個懦夫！」骸骨先生說。「眞不知道你一開始是怎麼成爲惡魔的。殺死這兩個凡人！撕裂他們的身體，吃光他們的血肉，不過記得要把頭給留下來！」

「喔，閉上你的鳥嘴。」蘇西·休特說。

她霰彈槍一舉，對準骸骨先生扣下扳機。在十字刻痕與聖水的加持之下，惡魔的臉皮當場被轟個稀爛，只剩下一顆泛黃的骷髏頭頂在脖子上。牠慘叫一聲，向後倒下。血肉先生迅速從桌上跳下，眼睜睜地看著在地上痛苦打滾的夥伴。

「看吧！」

「牠再過一、兩分鐘就會恢復原狀。」我趁蘇西裝塡子彈時小聲地道。其他的惡魔此刻圍著我們慢慢繞圈，一旦鼓起勇氣就會展開攻擊。「凡間的武器是無法戰勝惡魔的。」

「如果是這樣的話，」蘇西一面指向最近的惡魔一面說道。「現在就是該搬救兵的時候了。又或許，是你該出手製造奇蹟的時刻到啦。」

我估量當前形勢。眾惡魔逐漸逼近。骸骨先生坐在地上，兩手扶著腦袋，臉上的血肉緩緩滋長。就連血肉先生都從辦公桌後面走了出來。

「泰勒！」蘇西道。「有辦法的話現在就該使出來了！」

我面帶微笑舉起一手。所有人當即停止動作。

「在混沌開始之初，」我道。「上帝說『要有光』，於是就有了光。如果有人能夠召喚那道原始的創造之光，並能直視其中而又保有視力及其理性，則此人將有能力駕馭這道足以燒毀世間所有黑暗的光芒。」

一段很長的寂靜過後，骸骨先生從地上爬起，對我瞪來。

「你沒有那種力量！」

「我沒有嗎？」我說。

眾惡魔看向彼此，開始回想起我曾經幹過的事蹟，以及一些傳說中我曾幹過的事蹟。我滿不在乎地對著他們微笑。

「你們……走吧。」骸骨先生說。「離開，別再打擾我們。那個該死的聖杯不在我們這裡。」

「猜一猜會在誰那裡？」

「去『第四帝國』看看，」血肉先生小聲道。「他們花了不少錢打探黑暗聖餐杯的下落。如果沒有意外的話，他們知道的一定比我們多。」

「看吧，只要大家肯坐下來談，一切不就簡單多了嗎？」我說。「我想今天大家都學到了一課。該是我們離開的時候了，不必送了。」

□

我們將「地獄」拋到腦後，再度踏入夜色之中。如今在街道上流連的人潮似乎變得更少了。我知道第四帝國的地盤何在。每個人都知道。他們花了很大的精力宣傳自己，從街頭傳單到黃金時段的電視廣告什麼都來。不過除了他們自己之外，其他人都叫這組織爲「新納粹聖戰軍」或是「裝甲同性戀」。第四帝國經費十分充足，差就差在信徒稀少。他們定期會在上城區邊緣的一間集會廳舉行聚會。不管第四帝國有錢與否，正常人都不會希望跟他們有任何關係。之前聽說他們的成員已經減少到一百人左右，而且也不再堅持舉辦軍服遊行，因爲上次遊行的時候有十幾隻泥傀儡出現鬧場，把一堆他們的人從街頭給踢到街尾。然而不管怎麼樣，他們依然擁有強大金主的支持。或許他們還沒得到墮落聖杯，不過他們的財力絕對足以買到有關當前持有者身分的消息。

蘇西突然看著我。「你眞的有能力召喚創造之光？」

我微笑。「你認爲呢？」

「我從來分不出你是在虛張聲勢還是講眞的。」

「沒人分得出來。這才是重點。」

「你沒有回答我的問題。」

「啊，蘇西，生命中有些謎團不是也挺好的嗎？」

她哼了一聲：「我生命中唯一的謎團就是不知道爲什麼能夠一直忍受你。」

就在此時，一條傲慢的身影自黑暗中走出，擋住我倆的去路。此人一身西裝，頭上戴了圓頂帽，手上拿著一把傘，面露微笑站在我們面前。年近五十，目光嚴峻、笑容冰冷、魅力四射、世故十足，全身上下散發出有如眼鏡蛇般的危險氣息。蘇西隨手抽出霰彈槍，槍口登時指向對方。

「別緊張，蘇西。」渥克說。「是我。」

「我知道是你。」蘇西說。

他慢慢向前走來，蘇西的槍口一直指在他身上。渥克也眞不簡單，面對蘇西的大槍絲毫不爲所動。由於他每天都要做出許多重大決定，所以已經養成一種處變不驚的沉穩個性。渥克是當權者的代表，而當權者就是眞正在幕後控制夜城的那群人。別問我這些幕後推手是誰，我不知道，沒有人知道。有時候我懷疑就連渥克也不能肯定他們的身分。無論如何，他代表當權者，他的話就是法律，而這些法律則以世界上所有的武力爲後盾。渥克一句話就可以左右人們的生死，而他一點都不在乎他人的生死。他在我們身前停下，拄著他的雨傘而立，禮貌性地對蘇西抬起圓帽行禮。

「我聽說你們在找墮落聖杯，」他說。「夜城裡其他所有自認是號人物的人都跟你們一樣在找聖杯。另一方面，我所收到的命令是把所有武力通通撤出夜城，好讓天堂跟地獄的使者可以在這裡大打出手。如果有任何人在過程中受傷了，既然他們還待在夜城，那就是他們自找的。我認爲當權者把這次天使進駐當作一次淨化夜城的機會。也就是說要清理垃圾的意思。任何個人在當權者眼中都不算什麼。他們在意的是長久的計畫、遠大的目標。」

「以及維持固有的地位。」我道。

「一點都沒錯。他們似乎認爲只要有一方取得墮落聖杯，它們就會通通離開夜城，一切便可歸於正軌。他們不想得罪任何一方，那對生意沒有好處。至於最後墮落聖杯落入哪一方手中，對他們來說並無差別。當權者有辦法在任何情況中找出獲利的機會，從來沒有例外過。」

「太瘋狂了，」我說。儘管火氣越來越大，不過我還是盡力保持一般音量。「難道他們不知道墮落聖杯蘊含了多麼恐怖的力量？」

「可能不知道。也可能他們對自己的實力估計過高。不管怎樣，我必須遵照命令。檯面上，我手下的人都不能跟這件事有所牽扯。不過當然了，你不是我的人，泰勒。檯面上來講，很多限制都不適用於你，是吧？」

我慢慢點頭。「所以，你的骯髒事又要再度落在我頭上了，對吧？我得幫你收拾你不能動的爛攤子。」

「這是你的專長，」渥克說。「我對你有十足的信心。當然，要是你搞砸了，我會把關係撇得一乾二淨。」他看了蘇西的霰彈槍一眼，揚起眉毛道：「親愛的蘇西，還是跟往常一樣嗜血。妳不會眞的以爲槍對天使有用吧？」

「有一把槍，眞名之槍可以傷害天使。」我說。渥克立刻目光銳利地向我看來。

「你的知識範圍總是超出我的想像，泰勒。不過我必須警告你，有些解藥比疾病本身還要可怕。」

蘇西表情嚴厲地瞪著他道：「你知道眞名之槍？」

渥克冷冷一笑。「當然，親愛的。知道這種東西的存在乃是我份內的工作。我知道所有威力足以毀滅夜城的武器。不過說起眞名之槍，只有最不負責任或是最愚蠢的人才會考慮使用那種武器。」

「知不知道那種武器要上哪去找？」我說。「聽說它曾經落在收藏家的手中。」

「但是他沒有能力留住那把槍。」渥克說。「這應該說明了那把槍可怕的程度。

就算我知道眞名之槍的下落也不會告訴你的。這是爲你好，也是爲大家好。相信我，泰勒。你惹得麻煩夠多了，不需要再跟那把槍有所牽扯。」

「關於天使，當權者的立場怎麼樣？」我顧左右而言他，假裝自己已經放棄尋找眞名之槍。渥克當然不會上當，不過他也不想繼續那個話題。

「立場就是沒有立場。我們將會袖手旁觀，直到所有的衝突全部結束爲止。不管是以什麼方式結束，反正到時候我們回來收拾殘局就是。」

「會有人受到傷害的。」我說。「好人。」

「這裡是夜城。」渥克說。「好人不會來這裡的。」他對蘇西微笑。「很高興看到妳再次出門工作了，親愛的。妳知道我很擔心妳。」

「我喜歡看你擔心。」蘇西說，槍口晃都不晃一下。

「你完全不關心即將發生的大屠殺？」我語氣中透露出怒火，將渥克的注意力又吸引了回來。「如果天使在這裡開戰，整個夜城都有可能成爲廢墟，或是一片巨大的墓地。到時候你們還有什麼地位可言？」

渥克以近乎悲傷的表情看著我。「夜城不會毀滅，不管死了多少人都一樣。所有強者都會活下來，所有重要的生意也都會存在。這些通通都受到保護。在大環境底下來看，其他所有人都不重要。不，泰勒，我不在乎死多少人。因爲夜城對我來說從頭到尾都只是一件工作而已。要照我說，夜城這個巨型變態怪物秀應該整個毀掉重建。只可惜我必須遵守命令。」

「那墮落聖杯呢？」

渥克噘起嘴來，聳肩道：「我並不擔心那個。那很可能不過是場宗教騙局，一個吸引蠢蛋爭奪的假聖物。歷史上尋找聖杯的版本比馬爾他之鷹（註）的贗品還多。就算這次的墮落聖杯是眞品，從過去的歷史看來，這個東西也不曾給任何人帶來眞正的權力與快樂過。就讓天使去搶吧，管它最後是落入天堂還是地獄，總之都比留在人間要好。墮落聖杯充其量不過是一場華而不實的幻夢罷了，就跟夜城中其他所有的東西一樣。」

註：馬爾他之鷹指的是西班牙王室寶藏，推理名家達許・漢密特就是以馬爾他之鷹珍寶爭奪戰做引子創作了他的成名作《馬爾他之鷹》。

「那萬一……它眞的具有傳說中的力量呢？」蘇西問。

「那就是妳跟泰勒接下這份工作的責任了，不是嗎？好了，快走吧。好好玩。試著不要毀掉任何重要的東西。要是你們眞的得到墮落聖杯，千萬不要愚蠢到將如此恐怖的玩意兒據爲己有。拜這份工作所賜，我已經參加過太多葬禮了。你們所能做的就是決定把墮落聖杯交到哪一邊手裡，而這個決定絕非你們想的那麼簡單。告訴你，我很清楚你們客戶的眞實身分，而你只是自以爲了解狀況罷了。」

我還想再說什麼，但是渥克已經開始轉身離去，就跟往常一樣地趾高氣揚。他要說的都已經說完，要留下的疑問也都已留下，現在就算是野馬也沒辦法從他口中再多拖出半個字來。我慢慢地搖了搖頭。世界上最懂得玩弄他人心智的人絕對非渥克莫屬。

蘇西的槍口一直指著渥克，直到他消失在遠方的轉角之後，這才將槍放回背後的槍套，轉身面對我。「他剛剛在說什麼？我們的客戶究竟是什麼人？」

「理論上是梵蒂崗。」我臉色一沉。「由一個名叫猶德的便衣牧師代表。」

「聽起很像聖猶大？」

「大概吧。我這才想起來當初沒有仔細查探他的身分。通常我不會這麼不小心，但是這個人有一種特別的氣質……會讓人不由自主地想要相信他。在夜城，光是這一點就該讓人非常懷疑才對。如果我們眞的找到墮落聖杯，一定要先問一些尖銳的問題然後再決定要把東西交給誰。來吧，蘇西。我們快去第四帝國的總部，不要讓別人搶先了。」

□

象徵第四帝國最後希望的老舊集會廳座落在一片住宅區中的一條小街底。那附近住的都是一群只顧自掃門前雪、不管他人瓦上霜的人。此刻街上十分冷清，夜晚異常安靜。我跟蘇西走在這條被人遺忘的街道上，腳步聲聽來格外響亮。我們順順利利地來到集會廳門口，一路上完全沒有任何人過來盤查。正常來講應該不會這樣才對。我們站在門外，發現大門並未緊閉。蘇西神情嚴肅地掏出霰彈槍。我對她的舉動感到好奇。

「怎麼了，蘇絲？」

「別叫我蘇絲。這裡太安靜了。通常這些納粹變態都會一邊播放軍樂，一邊拍著胸膛彼此高呼『萬歲！』現在是他們正常集會時間，但是裡面卻一點聲音都沒有。」她小心翼翼地湊向前去，對著門後聞了一聞。「火藥、硝煙。剛剛有人在裡面開槍。」

她看看我，我點點頭，接著蘇西把門踢開，舉起槍就衝了進去。我小心謹慎地跟在她身後進入。我是不帶槍的，因爲沒有必要。我一進門就看到蘇西停在面前。我們站在一起，好整以暇地打量著集會廳內部。從我們眼前的景象看來，現在已經沒有任何急的必要了。

第四帝國的總部兼集會場所是一個很大的長方形空間，相對於他們最近集會的人數而言，這個場地實在是太大了一點。如今，場內的地板上躺滿了死屍，總數近百，全都穿著納粹軍裝，身上滿是彈孔，浸在血泊之中。他們倒在地上，等待著永遠不會到來的援手，有如一堆被人遺棄的玩具兵一般。牆上也布滿彈孔，把原先掛在上面的納粹黨旗、遺物以及照片通通打得不成原形。碎片四散，成爲一個死去帝國的可憐殘渣。到處都是血跡，不論是牆上濺的還是地上灑的，最後都在屍體之間流成小小的血湖。

蘇西全神戒備，目光凶狠地搜尋著整個場地，槍口不斷變換方向，試圖找出任何可供射擊的目標。只有在有機會殺人的時候，蘇西才會充滿活力。只可惜整個會場之中除了我們兩個之外，完全沒有任何會動的東西。第四帝國在還沒開國成功之前就已經毀滅，如今這裡只不過是個死人的國度罷了。

「不管這裡出了什麼事，我們都錯過了。」蘇西說。

「被其他找尋墮落聖杯的人搶先一步。」我一邊說一邊繞過地上的屍體，小心翼翼地向前走去。「不管對方問了什麼問題，他們顯然很不滿意得到的答案。」

「不管對方是誰，他們擁有的火力十分強大。」蘇西說著跟在我身後前進。「手槍不可能造成這種程度的傷害，對方使用的是重武器。從開火的痕跡看來，至少十幾把自動武器，或許還不只。納粹根本連拔槍的機會都沒有，這裡死的全都是穿著制服的人。」她蹲下身子，檢視一具屍體的脈搏，然後搖了搖頭，站起身來。「還有體溫，他們才死沒多久。」

我環顧四週，稍微算了算。「這裡起碼有……上百具屍體。看來他們組織裡大部分的人都躺在這裡了。搞不好是全部。」

蘇西突然笑了一聲。「嘿，泰勒。一百個死去的納粹代表什麼？好的開始。」

「很冷，蘇西，這麼冷的笑話妳也說得出口。接下來妳就要開始說敲門笑話〔註〕了。」我停下腳步，看著面前牆上的巨幅希特勒海報，海報上起碼有半邊臉都濺滿血跡。這種象徵意義實在過於明顯，甚至連我都看得出來。「傳說聖杯曾經落入他的手中。」

「顯然聖杯沒有給這個畜生帶來長遠的好處，不是嗎？」

「說得沒錯。」我回頭看看滿地的死納粹，試圖在心中擠出一點同情，不過我失敗了。如果有機會的話，這些傢伙會將全世界的人通通屠殺殆盡，而且還邊殺邊笑。他們死不足惜。不過我突然想到一件事。「這些人是用槍的人殺的，蘇西。不是天使幹的。」

蘇西點頭。「很難想像天使拿烏茲衝鋒槍。我們現在該怎麼辦？」

「仔細搜索這裡，說不定對方會漏掉什麼能夠爲我們指向下一個目標的線索。我是個私家偵探，記得嗎？只要一點小小的線索就夠我露出神秘的微笑了。」

我們在那裡花了將近一整個小時，不過努力並沒有白費。我們在位於集會廳另一側出口附近的鋼琴旁邊找到一個男人，或者說是一座身穿黑西裝的雪白男性雕像。他在鋼琴旁縮成一團，似乎是在躲避什麼。從他臉上驚恐的表情看來，他在躲的肯定是個恐怖到了極點的東西。蘇西跟我將他從頭到腳徹底打量了一番。

「我以為已經見識過所有的怪事了。」蘇西終於開口道。「大理石？」

「我認為不是。」我伸出手指在對方臉上戳了戳，然後把指尖放到嘴邊舔一舔。

「怎麼樣？」蘇西問。

「鹽，」我說。「這是鹽。」

「鹽做的雕像？」

「這不是雕像。我在聖猶大教堂見過一次這種景象。有人，或者應該說某種東西，把一個活生生的人變成了一根鹽柱。就像眼前這位一樣。」

註：「敲門笑話」，是西方最經典的幽默橋段之一，此處在諷刺蘇西講了萬年冷笑話。

蘇西嘴唇一翹。「變態。爲什麼變成鹽？」

「聖經中羅得的老婆回頭偷看天使做事，於是變成了鹽柱。」

「詭異。」蘇西說。「太詭異了。爲什麼只有他變成鹽柱，其他人都沒變？」

我想了想說道：「這傢伙沒有穿軍服，不是納粹的人。我猜他是跟殺掉納粹的人同一夥的。納粹不願意或是沒辦法交出墮落聖杯，所以這些人把他們全部殺光。然後……天使降臨了。於是那夥人立刻跑光。這傢伙要嘛就是來不及逃跑，不然就是自以爲可以躲在這裡不被發現。搜搜他的口袋，蘇西。」

她看著我道：「爲什麼是我搜？」

「嘿，我舔了他的臉。」

蘇西吸了一口氣，把槍放下，然後十分熟練地把雕像衣服所有口袋都搜過一次，將口袋裡所有的垃圾通通堆在地上。趁她搜身的同時，我則仔細端詳了一遍這個無聲吶喊的面孔。

「妳知道，蘇西，這傢伙有點眼熟。」

「外套口袋裡沒東西。」

了。」

「我在哪裡見過他……」

「褲子口袋也沒東西……除了一條黏了吃過的口香糖的手帕，眞是有夠噁心了。」

「想起來了！」我得意洋洋地道。「稍早的時候，這傢伙在陌生人酒館裡找過我。他要我幫他的老闆做事，被拒絕之後還想跟我來硬的。」

「他老闆是誰？」蘇西說著站起身來，兩手在外套上用力擦了擦。

「沒說。當時猶德穿的是便服，不過這傢伙顯然知道他是牧師，因爲他叫他『打掃教堂的傢伙』。這傢伙必定是幫某名強者做事，所以對方才會對夜城中發生的一切都瞭若指掌。」

蘇西眉頭一皺：「渥克？」

「不，手法太粗糙了，不符合他的行事風格。何況他說已經撤走所有手下，我相信他。不，這應該是一名強者所使用的手段。可能是收藏家、齷齪傑克星光、煙鬼、淚王……」

接著我的目光落在雕像腳旁的地面上，發現那邊的陰影之中藏有一個黑色的小盒子。我對蘇西比了個手勢，然後一起將鹽雕像給推到一旁。雕像很輕，手感很脆，似乎只要一不小心就會整個解體。我慢慢以鞋尖將黑盒子頂出陰影。那盒子約莫一呎長、八吋寬，表面黑得十分不自然，異常黯淡無光。蘇西用槍管戳了戳它，不過沒有任何反應。我們兩人一起蹲下，仔細地檢查著黑盒子，絲毫沒有急著打開它的衝動，因爲我們兩個都有不少誤觸機關的經驗。我花了一點時間，終於認出了箱蓋上的一個熟悉的標誌。那是一個大大的「C」，裡面畫了一個制式皇冠。

「收藏家。」蘇西道。「我到哪都認得這個標誌。」

「盒子裡的東西必定十分重要。」我緩緩說道。「這傢伙之所以停在這裡就是爲了要打開這個盒子。只可惜天使的動作比他快多了。」

「武器嗎？」蘇西問。

「很有可能。不過他並沒有使用的機會。」

「我們要打開它嗎？」蘇西問。

「等我一下。」我說。

由於在上層異界裡徘徊的天使隨時準備把我抓去，所以我不能廣開心門直接找尋墮落聖杯。不過我還是可以壓抑心眼，偷偷打開一條縫來找出收藏家在盒子上設下的機關。我神經繃得很緊，打算只要感應到絲毫不對就要立刻收回所有天賦。幸好沒過幾秒我就已經確定盒子上沒有任何防禦措施或是機關，多半是因爲雕像生前就已經把所有防禦都撤掉了的關係。我閉上心眼，重新建立起所有的心靈防禦。

然後我打開盒子。

一陣惡臭撲鼻而來，有如運動過後的馬匹，有如汗流浹背的大狗，有如離開人體的內臟。我將蓋子整個掀開，然後就看見此生此世見過最醜的一把手槍，靜靜地躺在黑色的天鵝絨上。那是一把肉製手槍，以人骨與血肉爲骨架，帶有一點附有暗色紋理的軟骨，外表以慘白的皮膚包覆。基本上是一堆具有殺人工具外型的活體組織。槍柄以扁平的骨頭鑄造，外表裹了一層布滿屍斑的表皮，整把槍看起來又濕又黏。扳機由一顆犬齒構成，槍管上的紅肉反映出詭異的光芒。

「這……是我想的那個東西嗎？」

我吞了一大口口水。「外表符合傳言中的描述。」我們兩個不由自主都放低了音量。

「眞名之槍。原來眞的是在收藏家手裡。」

「沒錯。」

「你看……它是活的嗎？」

「好問題。不，別碰它。搞不好會把它吵醒。」

蘇西靠近盒子，因爲刺鼻的臭味而皺了皺眉頭，然後偏過一邊。她靜靜地聽了一會兒，垂下的長髮差點接觸到那把槍。接著她抬頭對我望來。「我覺得它在呼吸。」

「眞名之槍。」我說。「一把專爲殺害天堂跟地獄的天使而打造的武器。可惡！這趟宗教渾水我們淌得可深了，蘇西。」

「這把槍是誰製造的？」她突然問道。「誰會想要殺害天使？」

「沒人可以肯定。有人說是梅林，不過有不少壞事都被賴到他的頭上……我認爲有可能是『慟哭者』，又或許是『工程師』，但是他們通常處理的威脅都比較抽象，不似天使這麼具體……」我突然讓槍柄上的某種東西吸引，於是湊上前去仔細察看。骨製槍柄上刻畫了幾個小字，不過我看來看去卻看不出上面寫的是什麼。「蘇西，妳眼力比我好，來看看這是什麼。」

她將長髮握在腦後，然後湊過頭來，慢慢唸出槍柄上的字句。『驅邪工匠。老字號。自渾沌最初便開始幫您解決問題。』」她皺皺眉頭，抬頭看著我道：「對你而言有任何意義嗎？」

「沒有。」

「那我們到底要不要帶走這把槍？」

我「哼」了一聲。「如此強大的武器絕不能任意丟在這裡，這玩意跟著我們比較安全。」

「太棒了！」蘇西說。「我還沒用過類似這樣的槍呢！」

「等一等，蘇西。我不確定我們該不該使用這把槍。只要我們殺了一名天使，哪怕是個墮落天使，只怕都會引來惹不起的敵人。」

蘇西聳肩。「總比被變成根鹽柱好。」

「那倒是。」我小心地蓋起眞名之槍，拿起盒子，放入位於心臟旁邊的外套口袋裡。「不過我認爲除非必要，不然我們不該考慮使用這把槍。」

蘇西噘嘴表示不滿，不過沒有反對。「知道它的運作原理嗎？」

「只知道個大概。根據〈伏尼契手稿〉記載，眞名之槍會重現上帝的『話』。妳知道，就是混沌初開的時候，上帝用以創造世界所說的『話』。這些『話』是開啓一切創造的偉大之音，世界上所有事物的原始之名。眞名之槍可以辨識出任何目標的原始之名，並且將此名反過來發音，將之反創造，使之永遠消失在世界之上。理論上來講，這把槍可以消滅任何東西，甚至所有東西。」

「眞酷……」蘇西道。

「這把槍同時也會令使用者付出沉重的代價。」我嚴肅說道。「雖然當今世上沒有人知道是什麼代價，不過既然過去的幾個世紀都沒有人膽敢使用這把槍，我想我們應該要格外小心才是。」

「好啦，」蘇西說。「不用那樣看我，我聽得進去啦。必要的時候我也可以很小心的呀。那麼，現在我們該去哪裡？」

「這個嘛，既然盒子上刻有收藏家的標誌，表示這傢伙跟他的同夥都是收藏家的手下。這很合理，爲了得到墮落聖杯這麼獨特的物品，就算是自己的靈魂他也會不惜犧牲，殺死這些人對收藏家來說根本不算什麼。我相信就算他還沒得到墮落聖杯，此刻也該已經查出東西的下落了……所以我認爲我們應該去找他。」

「好主意。」蘇西說。「可惜沒人知道他在哪裡。」

「這的確是個問題，沒錯。收藏家的藏身之地一直以來都是夜城不爲人知的秘密之一。這也難怪，如果有人知道收藏家的寶窟位置，早就已經將之搜括一空了。不過不管怎樣，一定有人知道。比如說眼前這傢伙就一定有辦法向收藏家回報，只可惜他的同夥都已經不知去向了。據我們所知，還有誰是幫收藏家做事的？」

「神經兄弟！」蘇西說。

「當然……他們通常不會辜負收藏家的信任，即使面對我們這麼棘手的人物也是一樣。不過現在我們有討價還價的籌碼，因爲收藏家一定想要拿回眞名之槍。」

「而我們只願意當面還他。」

「猜對了。走吧。」

神經兄弟，一群卑鄙無恥下流低級的渾蛋，經常會幫收藏家做事。他們的專長是收保護費，因爲他們有一種讓人乖乖交錢的特殊能力，這也讓他們成爲很好的收帳專家。收藏家利用他們去說服某些不願意把他看上的東西乖乖交出來的人。很少有人有足夠的意志力可以對抗神經兄弟。要找他們應該不難，因爲這些傢伙習慣在做事的時候引起巨大的騷動。

我跟蘇西離開了集會廳。裝眞名之槍的黑盒子緊貼著我的胸膛，一股灼熱感透體而來，夾帶一陣強大的壓力。蘇西說得沒錯，這把槍的確在呼吸。

□

出了遍地死屍的大廳，走入冷清的街道，我們當即停下腳步，不約而同地抬頭看天。明亮的滿月高掛天際，比起夜城外面的月亮看起來要大上十幾倍。皎潔的月光照亮了許多在天上盤旋的黑暗身影。它們具有人類的形體，不過背上還多了一雙巨大的翅膀。它們越聚越多，總數超過數百，在我跟蘇西的眼前遮蔽了天空，蓋過月亮跟星星所發出的所有光芒，將一切都籠罩在一片黑暗之下。

天使已經進駐夜城，整支天使軍團都來了。

chaper 5 天使、神經兄弟，以及齷齪傑克星光

整個夜城上空聚滿了天使，簡直把所有星光通通遮蔽。剛開始的時候，人們只是聚集在街道上指著天空圍觀、笑鬧，並且以各種不同的手段從這個驚人的景象之中獲取利益。但是沒過多久，天使開始從天而降，有如狩獵的猛禽一般，化身為有翼的復仇之神，打著上帝與魔鬼的旗號，到處搜尋情報，降下懲罰。他們將人們抓到天上，然後又丟回地面，全然無視人們的淒聲慘叫。有些人掉下來的時候只剩下鮮血跟屍塊；還有些人甚至已經沒有任何人類的特徵。所謂的天使不過是一群為了特定目的與意圖而存在的實體，本身不具有任何慈悲胸懷。很快地，所有還有常識的人通通自街道上消失，瞬間躲得無影無蹤。蘇西跟我沿著無人的小巷行走，沿路不斷聽到兩旁傳來關門、上鎖甚至把門釘死的聲響。

似乎這樣天使就進不去了一樣。

「那麼，」過了一會兒，蘇西說道。「你什麼時候才要運用天賦找出神經兄弟的下落？」

「我不能使用天賦。」我很快地回道。「我之前才一開啟天賦，天使就把我的靈魂從肉體中抽離，帶去一個奇異的空間中審問。我能活著回來完全是靠運氣，所以我絕對不敢再來一次。這個案子得靠傳統的辦案手法來解決才行。」

蘇西露出開心的表情。「你是說要踢門而入，大聲詢問尖銳的問題，恐嚇他人的性命與財產，外帶一點毫無意義的暴力行爲？」

「我是想要收集情報，分析資訊，然後發展出可用的理論。不過妳的做法應該也很有效就是了。」

我自外套口袋中拿出手機，撥了電話給我的秘書。事實上，她不但是我的秘書，還兼總機小姐、資淺合夥人以及一切瑣事的雜工。我是在之前的一個案子裡認識凱西·貝瑞特的，那一次我從一間試圖將她吞噬的房子中解救了她的性命。我收養了她，給她一份工作，然後就再也無法逃離她的掌握。說眞的，她打理辦公室的手段比我高明多了。我向來沒有什麼組織能力，這個缺點應該跟遺傳有關。她爲我工作不過短短幾個月而已，卻已經成爲我不可或缺的得力助手。不過這話可千萬不能讓她聽到，不然我不但得要忍受她頤指氣使，還得幫她加薪。

「凱西！我是約翰。妳老闆，約翰。我要知道神經兄弟目前的所在位置，能幫我查到嗎？」

「喔，萬能的主人呀，請給我一點時間，看看能從電腦中挖出什麼資料。我好像昨天才跟他們打過照面。你要去修理他們嗎？眞是愉快的一天呀。」凱西聽起來十分高興，不過她隨時都處於十分聒噪的狀態。我認爲她這麼聒噪完全是爲了要惹我生氣。「有了，老闆，我找到他們了。他們似乎又去布魯爾街收保護費了。事實上，電腦持續接收到水晶球傳來的更新訊息，他們目前正在布魯爾街的『火辣酒館』鬧事。動作快一點的話應該還來得及在他們離開之前趕到。如果有看到那個金頭髮的神經兄弟，記得幫我多甩一巴掌。」

當凱西不待在辦公室裡的時候，她的責任就是要留意夜城中所有強者的消息。包括他們去過什麼地方，搞過什麼人之類的。資訊就是本錢，預防勝於一切。凱西花了很多時間去混夜店，接觸許多消息來源。她喜歡聊天、喝酒，而且願意跟任何有體溫及呼吸的東西跳舞。只要你有意願跟所有沒死的傢伙聊天、喝酒、跳舞，那你就有辦法打探出很多消息。凱西擁有青少年特有的那種無窮精力，並且將酒精歸類爲食物的一種，加上她外表甜美、迷人，所有只要是人都喜歡跟她說話。人們會告訴她很多事情，包括許多不爲人知的秘密，而這些秘密最後全部都進了凱西的電腦裡。

曾經這些事情都是由我來做的，但是隨著年歲增長，我已經沒有精力去過那種夜夜笙歌到黎明的日子了，特別是當身處在一個黎明永遠不會來的環境下時更是如此。夜城是個永恆黑夜，沒有白晝的地方。幸運的是，凱西對於酒精、咖啡因以及腎上腺素似乎具有無止盡的需求，而且跟夜城中所有夜店的門房和保鏢都有很好的關係。你絕對無法想像人們會在門房跟保鑣面前透露多少秘密，因爲在他們的眼中，這些僕人就跟完全不存在一樣。

當然，我依然保有我的消息來源。老朋友，老敵人，隨著時間過去，從前的敵人常常會成爲今日的朋友，反之亦然。這些人之中不乏許多夜城中的大玩家，甚至還有幾個眞實身分不爲人知的當世強者。而基於害怕的緣故，夜城裡大部分的門都會爲我而開，大部分的人都會對我透露消息。這些消息最後也都進入了凱西的電腦裡。

檯面下，凱西跟我一直監視著所有強者的動態。凱西每天都會更新資料，並且隨時注意新舊資訊之間的關連。不過上個月我們差點搞丢了辛苦收集來的所有資料，只因爲我們的電腦主機被一群蘇美族的惡靈附身，而我們必須找來一個高科技德魯伊工程師來幫電腦驅魔。在這件聞所未聞的事件結束之後，我們的辦公室還是被槲寄生的味道盤據了好幾個禮拜之久。

我必須抱怨的是，電腦公司的客服專線根本一點用都沒有。

「有越來越多天使出沒的報告。」凱西道。「到處都是翅膀跟血跡，還有很多哭泣流血的雕像。如果不是富里歐兄弟又推出了新的強效毒品，那就是夜城遭受侵略了。這件事跟你有關嗎，約翰？」

「並不直接相關。」

「夜城裡的天使……眞是超酷的！嘿，你能幫我弄一根天使之翼上的羽毛嗎？我新買了一頂帽子跟那種羽毛非常相襯喔……」

「妳要我偷偷跑到天使身後拔下一根羽毛，好讓妳去發表一份流行宣言？喔，是呀，這還眞是有可能的事呢。不行，凱西，幫我個忙，離天使遠一點。先把注意力放在神經兄弟身上。爲什麼要特別提起那個金頭髮的？」

「他上個禮拜在『丹西愚人』裡跟我搭訕，」凱西說。「自以爲靠著曾經跟幾個兄弟搞過一個樂團就可以打動我了。哪有這麼容易的事，簡直活在九〇年代……總之，他聽不懂我說『不要，滾回家去死一死吧！』的意思，於是我只好在他的眼睛上戳了幾下。你都不知道他當時尖叫的聲音有多高，而且還邊叫邊哭。我看都把人家給弄哭了，罪惡感深重，只好陪他跳了一支舞。可是他的舞技實在糟透了，就算有舞蹈老師牽著跳也好不到哪裡去。接著他又把我拉近跳起慢舞，還把舌頭伸到我的耳朵裡。我沒辦法，只有以鞋跟踏穿他的腳掌，然後閃人。眞是個討厭鬼。」她講到這裡停了一停。

「喔，喔！我突然想起來了！有幾段要給你的訊息……是了。『地獄』的經理打來，說你跟蘇西都被列爲不受歡迎的人物，永遠不准再踏入他們店裡一步。還有他們打算告你，針對精神傷害以及受創後壓力失調訴求賠償。另外，大妮娜打來，要我告訴你不必擔心。原來那玩意兒不是螃蟹，只是一隻龍蝦。」

我掛斷。有些擺明不會有好結果的談話就不需要繼續了。

□

我們沒花多久時間就來到布魯爾街上的火辣酒館，而且早在半條街之外就已經聽到酒館傳出的喧囂。尖叫、怒吼以及打破東西的聲音，這些都是神經兄弟出動時的正常現象。旁邊有不少圍觀的群眾，不過他們都待在很遠的距離外觀看，因爲神經兄弟的力量常常會不受控制地四處亂竄。蘇西跟我小心翼翼地穿越群眾，來到酒館大門旁。我們看了看酒館內的景象，發現沒有人注意到我們。所有泡酒館的人都有他們自己的問題要解決。

這是一間廉價酒吧，有著醜陋的壁紙、過亮的燈光以及塑膠桌巾。採用塑膠桌巾是爲了要把桌面擦乾淨，因爲塑膠是一種不管弄得多髒都可以擦乾淨的材質。火辣酒館的招牌菜就是吃了會噴火的各種辣椒醬，具有多種口味，只要一口就可以將你吃進肚子裡的東西全部融化，接著等到辣味上了腦袋，你滿頭頭髮都會當場燃燒起來。堪稱是地獄來的辣椒醬。酒館裡有三間廁所，隨時有人使用，而且上完後的排泄物還必須放到冰箱裡才能避免燃燒。這些辣椒醬的威力比原子彈還要過癮，至於相對於原子彈爆炸後所產生的輻射落塵，我就不願意多說了。只有眞正喜歡吃辣的發燒友才能享用這些極品。門後的牆上貼了一塊牌子，驕傲地宣告了今日的特餐：瓦沙比辣椒醬。瓦沙比是來自日本的一種異常恐怖的芥末醬，個人認爲這玩意兒應該被日內瓦公約明令禁止才對，因爲它的危險程度比起汽油膠化劑〔註〕還要高上好幾倍。

底下還有另外一個牌子，上面寫著「免費生魚片；魚請自備。」企業化經營眞是一種美好的產物。

蘇西跟我緩緩穿越酒館大門，靜靜地觀察著神經兄弟施展獨門手段收取保護費。事實上，說他們是消費者恐怖主義或許比較恰當。很久很久以前，神經兄弟曾經是一個很成功的青少年樂團，可惜靠著臉蛋走紅的青春偶像團體總是紅不了多久的。成年之後，他們發現演藝圈沒有搞頭，於是來到夜城，試圖轉換個跑道再出發。收藏家遇到了他們，提供一種通靈的能力跟他們交換音樂天分。他把他們的音樂天分收藏在一個瓶子裡，一個很小的瓶子。從那之後，神經兄弟主要就靠著幫人打架、收帳賺錢。而當生意不好的時候，他們也會自己跑出去收點保護費。如果店家不願意付錢的話，他們就會讓對方生意難做。講具體一點，他們會跑到對方店門口，向任何當時路過的顧客展示他們恐怖的能力，令人們看見各式各樣可怕的幻覺。如今，他們正自開懷大笑，將各種恐懼與焦慮加諸在火辣酒館的客戶跟員工身上。

酒館中的人們都在狂叫、哭泣，他們在翻覆的桌椅間跌跌撞撞，除了心中的恐怖景象之外什麼都看不到。不管是員工還是客戶，所有人的雙手不是抱著自己的頭就是在身邊亂揮，試圖抓住所有可能的生存契機。有些人躺在地上，無助哭泣，全身顫抖，有如癲癇症患者一般。神經兄弟就站在這一切瘋狂混亂的中心，神情傲慢地睨視周遭，一邊互相打鬧嬉笑，一邊毫不留情地將人們丟入地獄。

神經兄弟一共有四個人，全部都像一個模子印出來的，有著完美的粉紅膚色、無瑕的潔白牙齒，以及絕佳的獨特髮型。唯一分辨他們的方法似乎只有頭髮的顏色。他們身穿閃閃發光的連身服，胸口的部分剪開，露出一大堆胸毛。只要不去看臉的話，他們的外表其實還滿迷人。他們依然保有美少年的面孔，但是臉上卻多了許多因爲殘暴不堪與縱慾過度而留下的噁心線條，就跟所有墮落的偶像一樣。

酒館如今成爲一座恐慌中心。人們因爲心中各種毫無由來的恐懼而被嚇得尖叫怒吼、痛哭失聲。他們害怕蜘蛛來襲、害怕高空落下、害怕牆壁擠壓、害怕被囚禁於密閉空間。其實只要他們能靜下心來想一想，立刻就會知道這一切都不是眞的。然而他

註：汽油膠化劑，越戰期間美軍在越南噴灑有毒溶劑，將當地的生態環境破壞得不宜人居。

們的腦中已然被歇斯底里的情緒佔領，根本容不下一絲理性，有的只是恐懼、害怕，並且完全看不到出路。在神經兄弟強大的力量影響之下，有些人甚至開始害怕起一些芝麻蒜皮的小事。他們害怕自己的生殖器會突然萎縮，甚至消失不見；害怕身邊的人突然開始說起法國腔調；害怕別人叫自己看他們的度假照片；害怕突然找不到自己的夾克。

某些人們害怕的東西其實還滿可笑的，但是當我看到有人爲了要趕走爬滿身體的小蟲而用指甲在自己手臂上刮出一條條血痕之後，我就有點笑不出來了。另外一個人由於太害怕眼前的景象了，乾脆動手挖出自己的雙眼，丟在地上，伸腳將眼球踩爛。地板上躺滿了人，有的在抽筋，有的中風，有的心臟病發。神經兄弟們眼睜睜地看著一切，不停地狂笑著。

「實在太過分了，連我都看不下去。」蘇西冷冷地說。「把眞名之槍給我，泰勒。」

「才不要。」我立刻道。「那個等遇上天使才能用。眞名之槍太危險了，絕不能拿來對付其他人。有耐心點，蘇西。我知道妳很想試試新玩意兒，但是它可沒有附上使用手冊，天知道有沒有什麼缺點還是副作用。」

「知道那麼多幹嘛？槍嘛，瞄準然後發射就對了。」

「不，蘇西。對付這種小角色不需要用到眞名之槍。」

「那你有什麼好建議？」蘇西很有耐心地說。「霰彈槍不能從這麼遠的距離射擊，不然會射中中間的閒雜人等。但是我們又不能繼續接近他們，不然會被神經兄弟的力量影響。」

「除了整潔之外，妳有什麼好怕的？只要我們做好心靈防禦，他們根本動不了我們。」

她有點懷疑地看著我。「你確定？」

「事實上，不確定，不過我是這麼聽說的。總之，我們不能站這裡袖手旁觀。」

然而就在我們辯論的同時，其中一個神經兄弟已經發現了我們。他張口大叫，接著四個神經兄弟同時轉向我們，並將力量發揮到極限。他們突破了我的心防，恐懼有如破碎的玻璃一樣自四面八方插入我的腦袋。什麼集中精神跟意志力對我根本一點幫助都沒有。

□

我獨自一人站在倫敦的廢墟之中，心知這裡是未來的夜城。我曾經藉由一道時間裂縫來過這個地方，見過這種景象。這是一個可能的未來，一個充滿死亡與毀滅的未來，而我就是導致這個未來毀滅的原因。在昏暗的紫色天空下，我隱約看出自己身處在一片建築物的廢墟及無止盡的瓦礫堆中。天上沒有月亮，星星也只剩下幾顆，空氣凝止，氣溫嚴寒。在黑暗的陰影之下，一樣恐怖的東西正在監視著我。我可以感覺到它的存在，巨大噁心、強而有力，緩緩地向我靠近。它是來抓我的，從它滿身的血腥氣息我就可以聞得出來。我想要逃，但是根本無處可逃，甚至連躲的地方都沒有。它已經很接近了，接近到我可以感覺出它的呼吸。它是來抓我的，將我自我所關心一切中奪走，讓我成爲它的一部分。它從我出生開始就一直支配著我，我的一生都在它的陰影之下過活。它非常接近。它無比強大。它化身爲一條巨大的形體，威脅著要將我自己的一切完全抹煞。

我知道它是誰。我知道它的名字。然而知道這些卻只是讓我更加害怕。在追了我一輩子之後，她終於找上門來了。或許，說出她的名，對我也算是一種解脫。

母親……我輕聲道。

說出我內心的恐懼，面對這個生了我卻又拋棄我的未知怪物之後，我突然之間感到一股無比的憤怒。在這份憤怒的驅使之下，我輕易地擊退了我的恐懼，完全否定那股恐懼。我重新建立起所有的心靈防禦，四周那死寂的世界開始變得模糊、變得灰暗、變得毫不真實。我簡簡單單地將神經男孩趕出我的腦袋，一眨眼之間就再度回到火辣酒館的現實之中。

我跪倒在污穢的地板上，全身因爲適才的經歷而不住顫抖。蘇西跪在我的身邊，兩眼無神地大張，淚水如決堤一般地滑落。我一手搭上她的肩膀，看見了她眼前的景象。

□

蘇西躺在一家醫院裡的病床上，手腳都被束帶緊緊綁住，喉嚨因爲過度尖叫而受傷。她使勁掙扎，但卻完全無法掙脫綁住四肢的皮帶。她所能做的就只有無助地躺在床上，任由恐懼滋長，自病房的地板上對自己蔓延而來。對方非常弱小，但卻憑著一股堅決的毅力勇往直前。它身體柔軟、外表血紅，似乎剛成人形不久。它努力地爬向蘇西，在地上留下一條長長的血痕。它爬到她的床邊，痛苦地抬起頭來，看著她。

它叫她「媽咪」……

我使盡所有心力，終於將我的心靈防禦籠罩到蘇西身上，把她帶回現實世界之中。她立刻逃離我身邊，獨自跪在地上，緊緊抱著自己，似乎她的身體將會支離破碎一般。她彷佛戴了一張融合了憤怒與恐懼的面具，淚水不斷地自她臉上流下。我簡直無法想像她也會有如此脆弱、如此受傷的一面。我一直以爲世界上沒有任何東西能夠傷害霰彈蘇西。我伸手想要扶她，卻見她滿臉怒容瞪著神經兄弟，手掌向後一翻就要到從後掏槍。神經兄弟目瞪口呆地看著我們，不敢相信我們竟能破解他們的力量。我發動了天賦中的黑暗面。在那一瞬間，任何事都有可能發生。

也就在那一刻裡，一名天使突然從天而降。

一個異常強勢的存在突然溢滿整座酒館，四周的牆壁幾乎被擠到裂開，所有人都被壓得喘不過氣。神經兄弟的力量有如暴風中的四根小蠟燭一樣，在一轉眼間當即消失得無影無蹤。他們呆呆地站在原地瞪著天使。起初，他看起來像是一個穿著灰西裝的灰色身影，外表非常普通，完全沒有特色。你無法直接看清他，只能透過眼角瞄見他的身影。接著他變得越來越清晰，越來越眞實，終於佔據你所有視線，讓你再也不能看見其他的東西。天使抬起頭來，看向神經兄弟，然後突然全身噴出火燄，變成一根人型火柱。火焰炙熱，光芒大放，任何人都無法以肉眼逼視。一雙巨大的火焰翅膀自火柱身後展開，在四周揚起一片四射的火舌，散發出一股臭氧的臭味以及羽毛燃燒的味道。神經兄弟的身體通通不受控制，有如著魔一般直視著火光中心。

接著當場變成了四根鹽柱。

前一秒鐘他們還都是活生生的血肉之軀，卻在轉眼之間化成四座比死亡還要慘白的雕像，依舊穿著一身連身裝的愚蠢雕像。一種恐懼無比的表情凝結在他們四張白皙的臉蛋之上。他們嘴巴大張，發出永無止盡的無聲尖叫。酒館的員工跟顧客此刻都已自虛幻的恐懼中解放出來，但是眼前所要面對的卻是更加實質的威脅。他們害怕地大叫著，想要尋找最近的出口奪門而出。他們爲了逃命而互相推擠拉扯，而我則帶著蘇西靠牆而立，冷眼旁觀這一切。我非常渴望加入他們一塊逃跑，因爲面對天使實在是一件令人打從心裡害怕出來的事情。那種感覺就像是所有有權有勢的人通通爲了抓你而出動了一樣。

而我跟有權有勢的人向來都處不好。

天使舉起發光的手掌一比，當場將一座鹽柱雕像弄成碎片。蘇西在我手上捶了一拳。

「那把槍，泰勒。把槍給我，可惡。我要眞名之槍！」

她的聲音已經恢復理性，但是眼神卻充滿異常的興奮。「不。」我說。「要用也是我先。」

我自外套內袋裡取出那口盒子，觸手處傳來一陣極不舒適的暖意。我打開盒蓋，拿出眞名之槍。接著一陣麻痺襲體而來，裝槍的盒子自我手中滑落。我感到全身僵硬，皮膚緊繃，所有肌肉都在隱隱抽動。那感覺就像是跟一個死了很久的人握手，卻發現對方的手掌依然保有活動的慾望一般。這把槍的觸感又濕又熱，力量強大卻又極盡病態之能事。眞名之槍已經甦醒了。它在我的手中呼吸，在我的心中糾纏。它完全醒來了，迫切地想要被人使用，不管目標爲何都無所謂。它渴望將一切原始之名反向發音，將物質界的一切通通抹煞。它存在於世的目的原本只是要殺害天使，但隨著時間的累積，它的胃口也越養越大。只可惜它不能隨著自己的意念出手，必須有人扣下它的扳機才行。它痛恨這一點。它痛恨拿著它的我。它痛恨一切擁有生命的東西。眞名之槍將它骯髒的念頭全部灌輸到我腦海裡，執意要控制我的心智，讓我成爲它的奴隸。它的意念及感官從各方面來看都不是人類所有，感覺像是死亡、腐敗及毀滅終於找到了自己的聲音一樣。它知道我的原始之名，它渴望宣之於口。

我憑著全部的自制力加上神經兄弟在我心中留下的一股怒氣，終於一根一根地張開我的手指，放脫眞名之槍，任它掉落在地。儘管已脫離我的掌握，但它的怒吼聲依然在我心中盤旋不去。我展開所有心靈防禦，終於將它擠出心房。接著我向身後的牆上一靠，全身虛脫地無力顫抖。

天使消失了。它看到了眞名之槍，而那就夠了。

如今酒館之中一片寧靜。員工跟顧客全部跑光，天使逃離現場，神經兄弟成了鹽杜。整座酒館就只剩下我跟蘇西兩個人。我全身顫抖，手指在牆上格格作響，內心深處有一股強烈的被侵犯的感覺，臉上交錯著無數淚痕。渥克說得對，有些解藥確實比疾病本身還要可怕。我眼看眞名之槍靜靜地躺在它的盒子旁邊，但說什麼就是鼓不起勇氣伸手去撿。最後蘇西幫我撿了。她反過盒子蓋上眞名之槍，然後滑過地板將之撈起，絲毫不跟槍身有任何身體接觸。她把盒子放入自己的夾克口袋裡，接著默默地站在一邊等我恢復冷靜。這已經是她最安慰人的表現方式了。

沒過多久，我停止了顫抖，恢復了正常，感到身心俱疲，好像一個禮拜不曾睡覺一樣。我伸手擦乾臉上的淚水，哽咽了幾聲，然後對蘇西報以感激的微笑。那笑容似乎很有說服力，蘇西也很配合地向我點點頭，然後就沒有再多說什麼。蘇西在面對眞情流露的狀況時總是表現得很不自然。

「盒子放我這裡。」她說。「我比你習慣帶槍。」

「那根本不是槍，蘇西。」

她聳聳肩：「剛剛那個天使。你想它是從天堂還是地獄來的？」

我也聳聳肩：「有差別嗎，蘇西？剛剛被神經兄弟的恐懼幻覺困住的時候，我看到妳眼中的景象……」

「別提那個。」蘇西冷冷地說。「如果你還算是我的朋友，就永遠都不要再提那件事。」

有時候身爲別人的朋友就是要懂得拿捏閉嘴的時機。於是我不再多說，對著剩下的三座鹽柱雕像走去，蘇西在我身後跟著。我們踩在滿地破碎的鹽塊之上，細細地檢視這三個永遠被困在恐懼的容顏之下的神經兄弟。有時候我覺得諷刺就是整個宇宙運行的根本。

「看來……找出收藏家的機會就這麼沒啦。」蘇西說，語氣跟表情都非常平靜。

「也未必。」我道。「別忘了私家偵探的第一守則：只要有問題，就去別人的口袋裡找答案。」

「我以爲第一守則是要確認客戶支票的眞僞？」

「別這麼吹毛求疵。」

我們翻了好一會兒，最後終於找到一張精美名片，上面印有齷齪傑克星光在冥河戲院的一場表演，演出時間剛好就是當天，或者說，當晚。

「原來星光回來了。」我說。「我不知道他還跟神經兄弟有一腿。」

「必定有所關聯。」蘇西說。「我可以肯定星光過去曾經提供收藏家幾樣收藏品。」

「去找他聊聊吧。」我說。「看看他知道些什麼。」

「我們走。」蘇西說。「我現在有一種很想找人聊天的心情，不過可能是比較暴力的聊天方式。」

「妳根本隨時都處於那種心情之下。」我說。

□

我們穿越夜城的街道，發現整座城市都遭受到攻擊。如今整個夜城裡到處都有天使的蹤跡，它們在夜空中飛翔，三不五時落地抓人，四處散佈恐懼與毀滅的信息。尖叫與哭喊隨處可聞，火頭與爆炸處處可見。四面八方都有黑煙自燃燒的建築物中冒出，住家、辦公室、避難所無一倖免，人們無處可躲，只能逃到街上。觸目所及都是鹽柱雕像，每個街燈上都插滿了屍體，水溝中堆滿了焦屍。我們甚至路過一個被活生生地翻出內臟卻還依然痛苦地活著的可憐人，幸好蘇西順手一槍就幫他解脫了。夜城的審判日到了，而且場面很不好看。槍砲與猛烈的爆炸聲不絕於耳，每隔不久還會有蠢人對天使施展超強魔法，但是除了讓地面震動之外，根本沒有半點效果。沒有人可以對抗它們，甚至連阻擋片刻都辦不到。身穿灰衣的灰色身影，它們出現在門口，出現在巷口，出現在火燄的廢墟之中，全部都毫髮無傷。它們無所不在，人們只能哭哭啼啼地逃離它們的身邊，有如試圖躲過屠夫刀口的牲畜一般。

蘇西跟我不到五分鐘就被發現了。一名天使自夜空中滑翔而下，有如流星一般迅捷，猛烈無比，勢不可當，翅膀大張，筆直對我撲來。我以最嚴厲的眼神瞪它，不過對方毫不理會。蘇西自夾克口袋中取出眞名之槍的盒子，該天使立刻改變方向，滑過我們的頭頂，像一顆巨大的彗星一般朝我倆身後的街尾揚長而去。蘇西跟我停下腳步看著彼此，她掂了掂手中的盒子。

「看來天使都聽說眞名之槍的事了。」

「這樣就沒有攻其不備的優勢了。」我說。

她哼了一聲。「我倒寧願有這種令它們心生恐懼的優勢。」

我們繼續向目的地前進，在一群忙著逃命的人群之中不慌不忙地走著，穿越混亂與鮮血交織而成的洪流。蘇西將槍盒放回口袋，然後下意識地在夾克上不停擦手，似乎她的手掌污穢到了極點一樣。

□

冥河戲院是一間年代久遠的荒廢戲院，遠離所有大街，地位十分偏僻。由於夜城的日常生活就已經非常戲劇化，所以大部分的人都沒有去戲院看戲的需求。不過世界上就是有人擁有強烈的表演欲望，他們總得要有個地方可以發洩才行。蘇西跟我在一段安全距離外停下，小心地觀察這棟巨大老舊的建築物。它看起來很不起眼。大門兩旁的牆上貼滿了一層一層破破爛爛的海報，搖滾樂團演唱會、政治集會以及宗教佈道會什麼活動都有。戲院大門曾經風光一時，不過如今只剩下滿滿灰塵與污垢。

在夜城，沒有任何建築會被荒廢太久，因為再爛的地方也會有人找出從中獲利的方法。然而冥河戲院不一樣。約莫三十年前，有人試圖在一場「蘇格蘭悲劇」(註)的演出中開啓地獄之門。由於這類行爲通常會引起意想不到的麻煩，所以舞台上的三個女巫當場就把召喚者擊殺。女巫們沒有能力關閉開啓一半的地獄之門，於是當權者只好介入收拾殘局，從外面找來了一個來自奧古斯都年代的問題解決者。儘管此人最後終於把地獄之門縫得跟青蛙的屁眼一樣緊，但是這個意外所造成的影響依然無法完全消除。

即使是只開一半的地獄之門也會給鄰近地區帶來許多麻煩。

戲院大門深鎖，蘇西一腳把門踢開，然後我倆一同慢慢晃入大廳。大廳裡灰塵滿布，外加一層厚厚的蜘蛛網。四周的陰影深不可測，靜止的空氣腐敗酸臭。塵埃在門外照入的光線裡沉浮，彷彿對這道自外界入侵的光芒十分不滿。曾經浮華的地毯在我們的踐踏下碎裂。整個地方散發出濃厚的懷舊之情，訴說出早已逝去的往日榮光。進入這裡就好像進入一道過去的陰影一樣。牆上掛了許多破爛污穢的古早海報，有馬羅

註：蘇格蘭悲劇（The Caledonian Tragedy），指〈馬克白〉。

的「李爾王」、偉伯斯特的「勝利復仇者」以及埃布森的「戀愛季節」等等。看起來似乎已經三十年不曾有任何人踏入這個地方了。

「這戲院的名字眞怪。」蘇西終於開口，在一片寂靜的空間中揚起陣陣回音。「所謂冥河到底是什麼東西？」

「冥河是條流過地獄的河。」我說。「由自殺者的眼淚匯積而成。有時候我眞不了解自己怎麼會知道這些事。我想這座劇院以冥河爲名可能是因爲這裡較常上演悲劇的關係。或許我們來錯地方了，蘇西。看看四周，這裡已經很多年沒人來過了。」

「如果是這樣的話，」蘇西說。「那這音樂是哪裡來的？」

我側耳傾聽，的確有一陣細微的音樂自前方隱隱傳來。蘇西拔出霰彈槍跟我一同穿越大廳來到表演廳的入口。這裡的音樂顯得更爲大聲。我們將門打開，走進表演廳。廳內異常黑暗，我們在門口站了好一會兒，適應其中的黑暗之後，終於看出站在舞台上的聚光燈中心唱歌跳舞的正是齷齪傑克星光以及他的舞伴，一個眞人大小的活布娃娃。

此刻演奏的音樂是一首六〇年代的經典名曲，搜尋者的「狂歡過後」。齷齪傑克星光愉快地跟著曲調唱和，腳步精準、風采非凡地在布滿灰塵的舞台上跳出迷人的舞步。他身穿黑白格紋的小丑衣，臉上畫成一個狂笑的骷髏頭，有著大大的黑眼圈跟潔白的利齒，頭上戴了一頂船員帽。他身材高瘦，舞步沉穩，搭配憂傷的旋律，看來雖然稱不上是優雅，但也自成一格。

他的舞伴是個栩栩如生的布娃娃，一身女僕打扮，正在傑克星光的帶領下跳著輕快的兩步舞。她幾乎跟星光一樣高，由於沒有關節的限制，手腳異常柔軟，能跳出十分驚人的舞姿。她的衣衫有著七彩繽紛的補綴，臉部是由白色的綢緞縫成，塗上華麗的五官，散發出一種哀傷的美艷感。她的一舉一動都極盡性感撩人之能事，足以挑起任何觀眾心中的慾火。

小丑跟女僕舞動的步伐遍及整個舞台，聚光燈隨時跟在他們身上，突顯出他們絢麗的動感。我抬頭環顧，看不出這兩道聚光燈究竟發自何處，然而它們就是存在。音樂也是一樣，不知道是從哪裡冒出來的，此時突然曲風一轉，變成一首二〇年代的「親愛的爵士寶貝，是我」，而小丑跟女僕也隨著音樂變換舞步，當場跳起查爾斯頓舞來。他們的雙腳踏在舞台上，不過卻沒有發出絲毫腳步聲。音樂中蘊含了一種詭異的扭曲回響，彷彿是來自很遠的地方，並在傳送的過程中遺失了某些音色一般。然而不管齷齪傑克星光跟他的舞伴表演得如何賣力，他們始終帶給人一種陰沉、單調的感覺。他們的表演沒有任何訴求，沒有任何魅力，也沒有任何情緒。然而全場爆滿的觀眾卻為此表演如痴如狂、熱情奔放。

觀眾？

齷齪傑克星光跟他的舞伴的歌舞是表演給一群死人看的。如今我的雙眼適應了黑暗，已經可以看出舞台下的座位上坐滿了殭屍、吸血鬼、木乃伊、狼人，以及各式各樣的鬼魂。夜城裡的各種不死怪物以及半死半活的東西全都為了傑克星光的表演而聚集在此。要是換成在別的地方，這些觀眾早就打得天昏地暗了。然而在這裡，沒有任何不死怪物破壞停戰協議。它們不敢。因為這裡是世界上唯一一個可以讓它們找回一絲絲人性的所在。只有在這裡，它們才能重溫活著的感覺。

吸血鬼們個個輕鬆自在，穿著燕尾服跟大披風，優雅地自保溫瓶中吸著鮮血，完全把劇院當自己家裡一樣。比較起來，包滿繃帶的木乃伊們就顯得邋遢多了。當它們拍手的時候，手裡還會拍出一堆灰塵。狼人全都聚在一起，縮成一團，隨著曲調高聲嚎叫。牠們帶頭的老大穿著一件背後印有「族長」字樣的人皮夾克，藉以突顯自己的身分不凡。食屍鬼大部分都安安靜靜地呆在一旁，一邊看戲一邊吃著外帶的手指頭零嘴。殭屍們基本上都正襟危坐，小心拍手，以免身上的器官屍塊掉到地上，一不注意就讓食屍鬼給吃了。鬼魂的形體不定，有的看起來很實在，有的卻朦朧到拍手的時候會不小心拍穿自己的雙手，還有一些必須要全神貫注才能不坐穿屁股下的椅子摔在地上。不管是已死的、不死的、一部分還是人類的或是幾乎已經不算人類的怪物，這裡所有的觀眾似乎都非常享受今晚的表演。

它們狂笑、歡呼、悲嘆、痛哭，並在適當的時候同聲鼓掌，彷彿都在呼應著舞台上的表演，不過它們的反應似乎跟演出者表達的東西一點關係都沒有。

龌龊傑克星光專門爲了已死之人以及那些失去人性的怪物們而表演。他幫觀眾們記下情緒，然後藉由唱歌跳舞等方式將情緒抒發出來，最後讓這些觀眾感受到這些情緒。他讓它們再度擁有活著的感覺，雖然短暫，卻很值得。他的觀眾們爲了這短暫的幻覺付出大筆金錢……而就在它們滿意地徜徉在二手情緒之中的同時，星光卻偷偷地自它們身上吸取超自然的不死活力，有如一隻寄生蟲般貪婪地啃食著非人的精力。他已經藉由這個方法存活數百年了，而他還打算再多活個數百年。很久很久以前，他跟某個可怕的東西簽下了一紙很爛的合約，所以他絕對不能死，永遠都不能死，不然死後就要倒大楣了。

我得把這些瑣事從頭到尾跟蘇西解說一遍，因爲她從來不曾研究過這座劇院。聽我說完之後，她顯然對這一切都感到十分不屑。

「那個洋娃娃又是怎麼回事？」她問。

「傳說她本來是人類，是傑克星光的愛人。他需要一名舞伴，但是他又不願意跟舞伴分享自觀眾身上吸來的精力。於是他將自己的愛人變成如今這副模樣，一個活生生的布娃娃，永遠配合他的舞步及意念，而且絕對沒有絲毫抱怨。當然，那都是很久以前的事了……只要她運氣夠好的話，如今應該已經瘋了才對。現在妳知道爲什麼人們會稱他爲齷齪傑克星光了。」

「那她原先究竟是什麼人？」蘇西盯著舞台上說道。

「再也沒人知道她的身分了，當然，除了傑克以外，不過他是絕對不會說的。他就是這樣的一個爛人。來吧，我們到舞台上去摧毀他美好的一天吧。」

「上。我想連他那副裝模作樣的姿態一併毀了。」

我們並肩走過劇院中央的走道，路過的死人們全都醉心於舞台上的表演，沉浸在古老的情緒之中，根本連看都懶得看我們一眼。空氣中瀰漫著魔法的力量，但絕不是有人刻意施展巫術。魔力來自舞台上的小丑跟女僕，丑角跟洋娃娃，他們不斷舞著，不需休息、沒有停頓，隨著一段多愁善感的旋律轉入另外一段……他們彷彿一點都不會累，不會喘。說不定他們眞的不會累。畢竟他正在台上吸取能量，而她……她只不過是一個布娃娃，雙眼及笑容不過是畫上去的罷了。他們兩個都已經超越了人類身體的限制。他們默默地爲觀眾獻上愛與溫柔等情緒，但這些對他們本身都不具有任何意義。

一切只不過是一場表演而已。

當蘇西跟我躍上舞台的時候，一切都停止了。音樂消失了，星光跟洋娃娃也在那一瞬間停止跳動。當蘇西跟我朝他們走去的時候，他們兩個就默默地站在各自的聚光燈下。齷齪傑克星光擺出一個優雅的姿勢，輕鬆、冷靜，透過臉上畫的骷髏頭對我們揚起一個詭異的微笑。洋娃娃靜止在一個舞動的姿勢之中，頭轉向一側，四肢停在奇怪的角度下，以極不自然的扭曲向外延展。觀眾一開始還沒意識到發生什麼事了，不過沒過多久就開始狂叫、咒罵，並且很快變成一群瘋狂的暴民。蘇西試圖以眼神懾服他們，但是沒什麼用處。我轉過身來，盡我所能地對台下一瞪，所有人當場安靜下來。

「我真服了你了。」蘇西小聲道。

「說實話，我也很佩服我自己。」我說。「不過可別告訴他們。傑克星光！好久不見了，是不是，傑克？你還在夜城做世界巡迴演出嗎？」

「還是場場爆滿。」星光輕鬆地道。「還有人說劇場已死呢……」他的聲音輕柔清晰，沒有任何口音與瑕疵。從說話的腔調聽來，他可能來自任何地方，任何時間。他詭異的笑容十分狂野，妖異的雙眸不需眨眼。「你知道，一般鬧場的人都只會待在座位上鬧而已。你想怎樣，泰勒？你打擾了一場精采的表演呀。」

「我們曾在一名神經兄弟身上找到你的名片。」我說。「他們本來在幫收藏家工作。」

「我注意到你用了過去式，看來那些小渾蛋已經全部死翹翹了？天呀，泰勒，打從你回來之後，行事作風就變得更爲辣手啦。」

「談談你的名片吧，傑克。」我說，故意不去糾正他話中的假設。「你跟收藏家有什麼關係？」

他毫不在乎地聳聳肩。「沒什麼關係。收藏家派了神經兄弟來煩我，因爲他聽說我曾經差點弄到墮落聖杯。那是好多年前在法國的事了，當時我在雷恩城堡進行挖掘，原本是爲了找尋馬爾他之鷹……」

我有點訝異。「有點常識好不好，傑克。絕不踏上尋找馬爾他之鷹的旅程。這是私家偵探的第一守則呀。」

蘇西皺眉：「我以爲第一守則是……」

「別吵，蘇西。繼續說下去，傑克。」

「我跟我的同伴挖開了隱藏墓穴，結果卻發現裡面放的竟然是墮落聖杯。你可以想像當時我們臉上的表情有多驚訝。不過驚訝完了之後，一切就變得很不愉快了。每當看到朋友爲了錢反目成仇總是令我心碎……總之，在一切塵埃落定，血跡也都乾了之後，我就只能火速離開，空手而回。不管怎麼樣，我總是少數親眼見過墮落聖杯之後還能活下來的人之一。」

「墮落聖杯長什麼樣子？」蘇西問。

齷齪傑克星光想了一想。「冰冷、醜陋、極度誘人。不過即使在當時我也沒有笨到去摸它，因爲我能看穿所有邪惡之物。」

「你當然能。」我道。「你本來就是邪惡的一份子。那麼，你對神經兄弟說了什麼？」

他輕笑，笑聲中帶著莫名的邪惡。「什麼都沒說。他們被我教訓了一頓，最後哭著回家找主人。我得讓收藏家知道我不是好惹的。那些傢伙所能控制的恐懼根本不是我的情緒的對手。別忘了，我可是操縱情緒的大師呀。就這樣了，我對於墮落聖杯跟收藏家的所知僅止於此，沒有其他消息可以透露。這種東西只不過是夜城的過客，不需要太過在意。現在，請問你們有哪一個是屬於娛樂界的人士？都不是的話可不可以行行好，快點滾離我的舞台？我可是在從事藝術創作呀。爲什麼每次有需要的時候，保鑣總是不知道死到哪裡去了呢？」

「天使已經進佔夜城。」我說。「它們在找所有跟墮落聖杯有關聯的人，而它們的手段絕不溫和。它們不需要溫和，因爲它們是天使。儘管你擁有一群令人印象深刻的觀眾，但是他們全部加起來只怕也不是一名天使的對手。況且我很懷疑他們有沒有幫你的意願，畢竟死人的心太難捉摸了。總而言之，只要你答應幫我們找出墮落聖杯或是收藏家，我跟蘇西就會負責保護你的安全。」

齷齪傑克星光緩緩搖了搖頭。「我還以爲情況已經不能再糟了呢……居然連大使都來插一腳！好！我受夠了。我要離開這個鬼地方啦。」他轉而面對觀眾。「女士先生們，由於天界勢力的介入，今晚的演出被迫到此告一個段落。晚安，願上帝祝福你們，希望祂的祝福對你們是種好事。請遵守秩序排隊離場。抱歉，恕不退費。」

他走到洋娃娃面前，夾起手指一彈，娃娃當即身體一軟，倒在他的肩膀上，似乎其體內除了稻草跟填充物之外什麼都沒有。或許，眞的什麼都沒有，因爲當星光扛著她向舞台側翼走去時，她給人的感覺就像完全沒有重量一樣。我想不出什麼理由阻止他離開。我並不眞的需要他幫忙，而且一個沒有意願幫忙的夥伴只會拖累我們而已。然而就在此時，齷齪傑克星光突然停下腳步，接著以非常緩慢的動作轉過身去看向舞台後方。我們一直到這個時候才發現舞台上還有另外一個人存在，於是也跟著慢慢地轉過頭去，就連布娃娃也抬起了她的綢緞臉。一個沉默的身影有如活生生的陰影一般站在我們身後……一個身穿灰衣的灰色男人。

它一直等到我們的目光全部集中在它身上才開始行動。它全身有如太陽一般地綻放出耀眼的光芒，凡人的眼睛根本無法逼視。蘇西和我一起向後退開，揚起雙手遮在面前，而星光則是轉身拔腿就跑。唯一能夠直視天使的只有布娃娃，它漆黑的雙眼中似乎流露出崇敬無比的神情。觀眾驚慌失措，放聲尖叫，「天使」這個詞在群眾口中有如詛咒般地蔓延開來。鬼魂當場消失，就跟肥皂泡泡一樣啵地一下就不見了。吸血鬼化身蝙蝠飛離現場。剩下那些依然被物質軀體所拖累的不死怪物則拚命擠入走道，竭盡所能地對著門外大廳衝去。

天使轉化成一道人形火柱，雙翼狂野地向外擴張，散發出恐怖炙熱的榮光。血肉跟金屬燒焦的惡臭開始傳來，星光肩膀上的布娃娃也在瞬間變成一團火球。火焰以迅雷不及掩耳的速度吞噬了娃娃，而她卻依然透過狂放的火燄崇敬地看著天使。星光發出憤怒及痛楚的叫聲，將洋娃娃一把甩開。洋娃娃在舞台的地板上翻滾，身上的火勢越燒越旺。她試圖爬向星光，但是火焰實在太過猛烈，而她只不過是一團布料跟填充物而已。她燒光了。她消失了。很快地她就只剩下地板上的一團焦痕以及空氣中緩緩飄散的黑煙，煙中帶有紫羅蘭的香氣。

星光甩開洋娃娃之後就再也沒看她一眼。他對著舞台邊緣狂奔而去，可惜就在他跳離舞台之前，全身的衣服已經開始著火。一開始是從船員帽中爆出一道淡藍色的火燄，登時燒光了他的頭髮。緊接著他全身的小丑裝同時發出火光，火勢一發不可收拾。他試圖用手將火焰拍熄，不過沒過多久雙手也開始燃燒。數秒之後，他整個身體就燒得有如一座火爐一樣。他叫了一聲，口中噴出一道黃色火燄，然後就再也叫不出來。他摔在舞台上，雙腳亂踢，全身抽搐，他身上的火焰越噴越高。火焰一直燒、一直燒，直燒到齷齪傑克星光的身體消失，只剩下幾根焦黑的骨頭以及幾滴緩緩自舞台邊緣滴落的油脂爲止。

這個時候，蘇西已經將眞名之槍自盒中取出，穩穩地握在手中，槍口對準天使。不過我可以從她扭曲的神情中看出這把槍帶給她跟我之前相同的恐懼與不適。眞名之槍無法突破她堅強的自制力去控制她的心智，但是不管她握槍的手如何穩健，她身體的其他部分都抖得有如暴風中的帆船一般。她只要稍微移動手指就能夠扣下扳機，但是她卻再也擠不出任何意志力去達成這個簡單的目的。

天使將目光自星光的屍體上移開，在看到蘇西手中的真名之槍時，立刻疾振雙翼，沖天而起，瞬間撞穿劇院的屋頂，遁入安全的夜空之中。

蘇西無法動彈，槍口依然對準天使適才站立之處。她臉色蒼白，冷汗直流，雙眼圓睜，目光無神。她全身顫抖，跟真名之槍爭奪著自我心智及靈魂的控制權。最後她鬆開手掌，放脫眞名之槍，贏得這場戰役。或許是因爲她是霰彈蘇西，只有她玩槍，絕對沒有槍玩她的份。雖然她贏了，但是我永遠不會知道她付出了什麼代價。我永遠都不會問，因爲接下來她告訴了我一件遠比這個還要糟糕的秘密。

她突然坐倒在地，彷彿雙腳的力氣已經用盡。她的雙手不知所措地在膝前搓揉，身體不自覺地前後搖擺，就像是個嚇壞了的小孩子一樣。她沒有哭，她驚恐的程度已經超越了哭泣。她雙眼大張，目光中流露出狂野、絕望以及有如野獸一般的凶猛神情。她發出了一種極爲低沉的哽咽聲，有如受傷的野獸所發的聲音。我在她身旁坐下，一手搭上她的肩膀試圖安慰她。她放聲尖叫，迅速推開我的手，爬離我身邊，就像是個害怕挨打的孩子一般。我小心翼翼地向她靠近，不過依然保持著一定的距離。

「沒事了，蘇西。」我說。「我在這裡。都結束了。讓我幫妳。」

「你幫不了我。」她說，不過卻沒有看向我。

「我在這裡……是我，約翰。」

「但是你卻不能碰我。」她的聲音刺耳到不似出自人口。「沒人可以碰我。我不能忍受任何人的觸摸，任何人！再也不能。我不能碰觸過去的傷痕，任何人都不能。」

我蹲在她身旁，試圖讓她的目光停留在我臉上。我渴望能夠幫她，將她自崩潰邊緣拉回來，然而此時此刻，似乎只要說錯一個字都會導致她的心智碎成無數碎片，永遠無法復原。我從來不曾見過她如此脆弱的一面，如此的……不設防。

「當我們被神經兄弟誘出心中恐懼的時候，」我慢慢說道。「我看到了妳腦中的景象，我當時跟妳在一起，在那座醫院裡。我看到了……那個嬰兒。」

「沒有什麼嬰兒。」她的聲音十分疲憊。「生下來的才算嬰兒。你看到的是被我墮掉的胎兒。我會等到這麼遲才決定墮胎是因爲我羞於啓口。我不敢告訴父母自己從十三歲起就被親哥哥侵犯，而且還懷了他的孩子。他沒有強暴我，那不算眞的強暴。

有時候他會買禮物給我，有的時候他又威脅要殺我。他利用我。當我終於說出眞相的時候，我父母卻把一切歸咎於我。他們說一定是我主動誘惑他的。」

「那次墮胎剛好就在我十五歲生日之後。那一年，我沒有生日蛋糕，也沒有點燃任何蠟燭。他們強迫我看著墮掉的胎兒，要我永遠記取這個教訓，好像我會把它忘掉一樣。我偷了一把槍，擊斃了我哥哥，在他的屍體上尿尿，然後逃到夜城裡，從此不再踏足正常世界。我發誓永遠都要堅強，絕對不再屈服於任何勢力之下。如今我已經是令人聞風喪膽的霰彈蘇西，是擁有雙腳的死神。然而不管我多酷，我始終無法忍受與任何人身體接觸，就算是朋友也不行，就算是情人也不行。這樣的我很安全，誰都無法傷害我，就連我自己也辦不到。」

「妳是說……從來沒有任何人碰過妳？」我說。「妳沒辦法信任任何人……」

「沒有。永遠都不會有。」

「我眞不知道妳有多麼孤獨，蘇絲。」

「別叫我蘇絲。」她的語氣冷得像冰。「我哥哥以前就是這樣叫我的。」

「喔，天呀，我實在非常抱歉，蘇西。我眞的很抱歉。」

她的眼神中恢復了一點生氣，嘴角也擠出了一絲笑容。「我願意把自己的生命交到你的手裡，約翰。我只是不能讓你碰我。我想我哥哥終究還是贏了。即使我把他殺了，他還是有辦法糾纏我一輩子。」

我不知道該說什麼，所以我只好道：「我在這裡，蘇西。」

「我知道。」她說。「有時候，有你在身邊就夠了。」

她站起身來，隔著盒子撿起貞名之槍，然後放回自己的夾克口袋裡。她站在舞台邊緣，直視劇院中的黑暗，看來似乎已完全恢復正常。我來到她身旁跟她並肩站著。

「這只是一把槍。」她說，並沒有抬頭看我。「沒有我駕馭不了的槍。下一次我一定會開槍的。」

我點頭。過了一會兒，我們一起走出冥河劇院。儘管我們並肩而行，但距離似乎無比遙遠。

□

才一走回街上，我的手機就響了。這一會兒打來的是綽號「刮鬍刀之神」的剃刀艾迪。這個綽號是他自封的，不過因爲他傾向於殺害任何不認同這個綽號的人，所以現在也沒什麼人敢說什麼了。他是夜城之中最詭異也最危險的人物之一，而且絕非浪得虛名。我想我們算是朋友，不過有時候在夜城裡，朋友跟敵人是很難分的。這一次他打來是有消息要提供給我。

「聽說你在找墮落聖杯。」他劈頭就說。「我知道在哪裡。在收藏家手裡。」

「我猜也是。」我說。「你怎麼會知道是在收藏家手裡？」

「因爲是我幫他找到的。」艾迪說，聲音一如往常，低沉得有如來自地獄。「正確來說，是他僱用我從別人的手中奪走墮落聖杯。由於手下弄丟了眞名之槍，收藏家心裡一急，只好跑來找我幫忙。平常我一定不會管他的，但是這次他手裡有我想要的東西，於是我們達成了一項協議。本來墮落聖杯是在『十字軍團』手裡。這群瘋狂的基督教福音傳教士打算利用墮落聖杯的力量針對夜城發起一場聖戰，進而毀滅所有跟魔法有關的人事物。對他們而言，任何不純潔的人都是異端，必須消滅。既然我顯然是屬於他們要消滅的這一類人，所以我當然要先發制人。」

「收藏家僱用你？」我說。「我以為錢對你而言再也沒有用處了呢。」

「是沒有。」剃刀艾迪說。「我的條件是要知道十字軍團的下落。我已經找他們好一段時間了。他們一直在吸收逃家的青少年，給他們洗腦，派出去當間諜，並且吸引更多孩子入夥。這些孩子將來都會成為聖戰之中的砲灰。」

「所以墮落聖杯如今肯定是在收藏家手裡？」我問。

「我親自交到他手上的。十分醜陋的東西。不過我現在越想越覺得墮落聖杯不該落在收藏家那種人手裡。我不能動他，因為我曾經如此承諾，不過我可沒說不會叫你去動他。來找我，我把收藏家的藏身處告訴你。到時候你就可以搶走墮落聖杯，再找個安全的地方藏起來。聽起來不錯吧？」

「這是我今天聽過最好的消息。你在哪，艾迪？」

「我又回到十字軍團的基地，想來看看有沒有什麼有趣的東西。」

「就是說要找點戰利品。」我說。

他乾笑兩聲。「戒不掉的老習慣。你知道克奈大道上的大奢基倉庫？」

「我知道。二十分鐘後趕到。你應該知道此刻夜城裡到處是天使，天堂跟地獄的都有，只要被它們懷疑跟聖杯有關的人都沒什麼好下場。」

「只要我不去惹它們，它們也不會來惹我。」艾迪說完就掛上電話。

我收起了行動電話，然後轉向蘇西。她就跟往常一樣沉著冷靜，處之泰然。我將電話的內容說給她聽，她聽完後皺了皺眉頭。

「他幹嘛不直接在電話裡說出收藏家的下落？」

「因爲你永遠不知道有多少人在聽電話。」我說。「夜城裡是沒有所謂安全線路這種東西的。妳認識大奢基這個人？」

「不認識。」

「他是俄國黑手黨的成員，有辦法幫人弄到任何東西，特別是槍砲及護具之類的物品。我想這就是十字軍團找上他的原因。妳會喜歡他的，蘇西，只要艾迪還沒把他剁成肉醬。」

「你認識的人都是最棒的，泰勒。走吧，我想趕快搞定這個案子。」

「蘇西……」

「出發。」於是我們再度肩並著肩，一同離去。

chaper 6 突如其來的死神

蘇西跟我迅速地穿越荒涼的街道，所到之處火光連天，有如對抗黑暗的烽火一般。空氣中瀰漫著落塵與黑煙，以及焦屍的臭味。建築物在天使的光輝之下爆破，坍塌，簡直是來自地獄的無情晚宴。天上的天使已經多到遮蔽了月光及星空，而街上大部分的街燈也都已被打爛。如今夜城正處於從古至今最低潮的一刻，唯一的照明來自正在吞噬自己的火海。蘇西跟我貼著陰影前進，躲避著身旁一切光芒。少了平常川流不息的往來車輛，街道上看來簡直安靜到詭異的地步。有辦法離開夜城的人早就已經跑光了，而外面的人也不會蠢到在這個時候還要進入夜城。

夜城已被來自天堂與地獄的天使佔領，整座城市面臨前所未有的黑暗時刻。

時間之塔廣場上聚集了附近所有的強者，他們在這片開放的地點建立起最後防線，與入侵夜城的勢力展開頑強的抵抗。蘇西跟我躲在一道房門的陰影之下觀戰，期待不會被人發現。「荊棘大君」手持來自生命之樹(註)的力量權杖，氣勢恢弘地站在

註：生命之樹（Tree of Life）位於伊甸園，其果實可以提供食用者永恆的生命。在亞當與夏娃偷嚐「分別善惡的知識之樹」的果實後，上帝怕他們再偷嚐生命之樹的果實而「變得跟我們一樣」，於是將他們逐出伊甸園。

廣場上。閃電在他身旁炸落，但他絲毫不懼，有如戰場上的烏鴉一般大笑，瞪視著所有在其身旁繞道而行的天使。「影像伯爵」老神在在地靠在一根路燈上，靜電與離子繞滿全身，蒼白的皮膚上布滿了矽化節點及魔法電路。他面帶邪惡的笑容，伸出修長的雙手在面前編織二進位魔法，重置現實，加入理論性的論述以及瘋狂的數學運算，搞得沒有任何天使膽敢接近他的身軀。「皮囊之王」懶洋洋地走入廣場，兩眼綻放精光，以他駭人的魅力抹煞一切可能性。「血腥刀鋒」散發出汗水與麝香的臭味，帶著恐怖的食慾，滿心不耐地來回踱步，只等其他強者把天使引入攻擊範圍，好讓他可以盡情揮舞自己長滿尖刺的雙手。

時間之塔廣場四周隨處可聞天使因爲痛楚與憤怒所發出的吼叫聲，只因充斥於夜色中的魔法阻擋了它們獵食的樂趣。

附近聚集的天使越來越多，它們在夜空中盤旋，速度越來越快，分布也越來越廣。不用多久就會形成一股再強烈的魔法也無法抵擋的強大力量，到時候它們自然就會一擁而下。其中有一名天使失去了耐性，也爲此付出了代價。它飛得太低了，被一名強者一把抓住，當場給釘在時間之塔上。它被牢牢地釘在牆上，手臂上插了十幾根冰冷的大鐵釘，有如在實驗室裡等待解剖的青蛙一樣。不過儘管身上的光芒衰弱得有如流星，天使始終還是活著。它金黃色的眼中留下神秘的淚水，完全無法了解是什麼讓自己落入如此低賤的層面。物質界的規則還是會對天使造成限制的，而這名天使就是這種限制下的受害者。它的雙翼自身上斷裂，悽涼地落在自己殘破的雙腳底下。

夜色深處某個不知名的地方，一陣強烈的引擎聲響緩緩傳來。那是一群更爲古老，更爲黑暗，更爲強大的實體爲了保衛夜城而自沉睡中甦醒的聲音。他們來自古老的地窖或被遺忘的墓穴之中，是力量強大的傳奇生物，有些幾乎跟天使一樣古老，一樣可怕。

夜城是個非常非常古老的地方。

蘇西跟我沿著廣場邊緣看準機會小心移動。空氣中充滿了強烈氣勢的撞擊壓力，有如冰山在夜晚的海面上摩擦撞擊。我一點也不想介入這場衝突之中，因爲我有自知之明。而蘇西也一反常態地乖乖跟著我走，不去惹其他麻煩。如今衝突的雙方勢力都已經強大到可以在不知不覺間就將我們兩個踩扁的地步。想要不被發現繞過整個廣場非常耗費心力，一路上我的心跳都十分急促，不過最後我們終究進入了一條不知名的小巷，遠離廣場的爭端，可以邁開大步逃之夭夭。自我們身後傳來一陣慘叫，不過我們都沒有回頭去看叫聲發自何人。如今我們離大奢基倉庫已經不遠了。

當然，這表示我們離剃刀艾迪，所謂的刮鬍刀之神，也不遠了。他有時候是我的朋友，有時候又不是；有時候是聖人，有時又是罪人。總之，他是一個謎團，而且還是個非常不衛生的謎團。他是連結凡人與天神之間的關鍵，也是凡人所能惹上最大的麻煩。他是善良陣營的極端份子，而善良陣營並沒有拒絕他加盟的權力。他如今的生活是在爲早年犯下的過錯贖罪，而那些罪過可不是輕易可以贖完的。上次見面的時候，是我不小心穿越了一條時間裂縫，跟他在一個可能的未來裡相遇。當時我迫於情勢必須親手解決他的性命。儘管殺他是爲了他好，也可以部分歸咎於具有時光旅行能力的收藏家，不過這種事對我來說依然十分難以啓齒。我到現在還沒決定要不要告訴他當時發生的事。由於未來的那個艾迪認爲我必須爲世界毀滅負責，所以整個情況有點複雜。如果艾迪知道這一點，他很可能當場就把我給斃了。當然，我造訪的那個未來並非無法避免。只要跟時間有關的事件就絕對不會是既定的。

既然情況如此複雜，於是我決定暫時先走著瞧，如果到時候眞的出了什麼事再說。我擁有一種把所有事情都拖到最後再決定的天賦，算是有參加奧運級的拖延比賽的實力。

蘇西跟我在倉庫區的外圍停下腳步，仔細地觀察一下四周環境。這裡也是到處透出火苗，有些地方火勢還十分驚人。不過不管火焰如何翻飛，整個倉庫區基本上算是空無一人。天使打完了，凡人跑光了，放眼所及只剩下大火與廢墟。空氣有如夏季白晝那般悶熱，令人汗流浹背。大奢基倉庫就座落在街尾，聳立在一片無名建築之間，整體看來還算完整。街道上似乎沒有什麼明顯的危機，不過我並不打算就這麼大剌剌地走進去。只要剃刀艾迪認定殺我是替天行道，這一切還是有可能是他的陷阱。蘇西在我身邊毛躁地揮舞著霰彈槍，因爲她實在很想找個目標開上幾槍。

「整件事都沒有道理，泰勒。」她的聲音十分冷靜，但是握槍的指節卻因爲過於用力而泛白。我眞應該叫她回家休息的，但是我沒有，因爲我需要她。她吸了一大口污濁的空氣，彷彿可以從中嗅出麻煩，也可能只是因爲她還有能力這麼做而已。「想想看，收藏家爲什麼會把自己最寶貴的藏寶地點告訴艾迪？艾迪的確令人不寒而慄，但是收藏家可是爲了利益連自己的祖母也能手刃的壞胚子。除非有很好的理由，不然他絕對沒有理由讓寶窟曝光。大家都知道收藏家不會免費贈送任何値錢的東西。」

「沒錯。」我說。「不過從另一方面來看，剃刀艾迪也是個難以拒絕的狠角色。不管怎麼說，既然收藏家已經在不得已的情況下透露了寶窟的所在地，相信他已經開始計畫將整個寶窟轉移到新的地點去了。我們必須儘快找到艾迪，遲了可能就來不及了。」

「收藏家搬家需要不少時間。」蘇西道。「如果他當眞擁有傳說中那麼多收藏品的話，恐怕搬個幾年也搬不完，特別是當他不想引起任何注意的時候，而這還是假設他老早準備好備用寶窟的情況下。不，我們有得是時間，反倒是一直站在這裡讓我比較擔心。我已經開始覺得身上被人畫了個標靶一樣了。趕快幫我找個射擊的目標。」

她說得當然很有道理。在目前這種情況下，什麼都不做也未必會比做一堆錯事來得安全。於是我把煩惱通通拋到腦後，開始向街尾走去，一步步接近大奢基倉庫。蘇西有如垃圾場的野狗一樣小心翼翼地跟在我身旁，隨時準備應付任何突發狀況。沒人對我們開槍，也沒有任何展開光翼的傢伙從天而降。

大奢基倉庫的正面是一面很長的高牆，其上沒有任何店名或招牌。大奢基並不喜歡打廣告，他認爲只要對方沒聽過自己的名號，那就根本沒資格跟自己做生意。我向倉庫前門走去，一路上瞪大了雙眼，隨時準備閃避或逃命。這座倉庫配置了所有最高科技的防護措施，從各式詛咒到地對空重機槍應有盡有。從來沒有任何膽敢進來偷東西的人能夠活下來說嘴，不過這個事實並不能嚇阻其他想要嘗試的人。畢竟，這裡是夜城。傳說倉庫大門是六吋厚的鋼鐵所建，內置世界上最好的電子鎖。所有的窗戶都是防彈玻璃，並配有鋼鐵遮板。大奢基對於安全感有一種特殊的需求。

當然，這些所謂高科技防禦系統在剃刀艾迪眼中根本一點用處也沒有。

「如果大奢基有點腦子的話，他應該已經封閉整個倉庫，然後找地方躲起來了。」蘇西說。「果眞如此，我們要怎麼進去？」

「見機行事囉。」我試圖以一種很有信心的語氣說道。

「啊，是了，」蘇西道。「見機行事。冷酷無情的暴力衝突。我心情突然變好了。」

「不幸的是，」接近門口之後，我開口說道。「看來被人捷足先登了。」

走近一看，倉庫顯然曾經遭受攻擊。好幾扇窗戶都被打爛。由於窗戶用的是防彈玻璃，要打爛成這樣可不是件容易的事。窗戶上的鋼鐵遮板都已不在原位，有的垂在窗沿，有的不知去向。一樓的外牆上有一個大洞，要不是讓砲彈射出來的，就是讓某顆憤怒的拳頭打出來的。擁有各式防禦裝置保護的六吋鋼門已經讓人從門框裡扯了下來，如今安安靜靜地躺在遠方的街道上，形狀扭曲，不成門形。我十分小心地閃到門洞旁邊，蘇西舉著槍跟在我身旁。我探頭看了一眼，沒有發現任何動靜，於是慢慢地走入接待大廳。蘇西跳到我身前，槍口對著四周巡過一遍，渴望發現任何目標。面對暴力衝突的可能性，蘇西突然變得異常興奮。

大廳之中凌亂不堪。所有家具通通被人打爛。昂貴的地毯縐成一團，彷彿被一整個軍團踐踏過一樣。牆上布滿了彈孔跟爆炸的痕跡，角落的盆栽散落一地。如果沒有血跡的話，如此全面性的破壞其實還滿滑稽的，只可惜大廳裡到處都濺滿了鮮血，起碼有數加侖之譜。地毯完全被血浸濕，我們每踏出一步都會發出血滴濺起的聲響。牆上也都是血，有些是噴上去的，有些是抹上去的，還有好幾個血手印。血滴自家具跟天花板上不斷滴下，我實在無法想像到底是什麼讓人的血噴到天花板上去。我繞過天花板上的血跡，小心穿越大廳，然後看向蘇西。

「要不是妳明明跟我在一起的話，我絕對會認爲這是妳的傑作。」

蘇西不悅道：「不，這是剃刀艾迪的手筆。我殺人手法專業，不像他這麼……瘋狂。你知道我最在意的是什麼嗎？血很多……但是卻沒有半具屍體。他把屍體拿去幹什麼了？還有，牆上這堆宗教玩意是幹什麼的？」

她說著指向牆上的許多油畫。這些畫的主題全都是各式各樣的基督徒殉教的死法，而且都特別強調受難的殘酷手法跟大量的血跡。另外還有許多巨大的十字架，以及很多刻在木板上的標語。「趁你還有機會的時候趕快祈禱寬恕。」「上帝每天都在審判你。」「不信神者不會得到寬恕。」「教會之道是唯一正道。」「你今天殺過異教徒了嗎？」

「激進份子。」蘇西說。

「我上次來找大奢基的時候還沒有那些東西。」我說。「他信仰的是利益，不是神諭。我猜是因爲十字軍團買的軍火太多，所以他乾脆把整間倉庫租給他們使用。顯然……他們把這裡當作自己家裡一樣。我眞好奇到底十字軍團跟他買了多少槍？」

蘇西皺眉：「他難道不知道對方打算攻打夜城？」

我聳肩：「他就算知道也不會在乎，重要的是對方事先付款就好了。反正十字軍團一定會找人買槍，大奢基沒理由把生意讓給別人。」我看了看四周的血跡跟破壞。「墮落聖杯必須爲很多災難負責。猶德說它會引來邪惡。」

蘇西看著我：「猶德？」

「我們的客戶。」

「喔，對。發生了太多事，我都差點把他忘了。那麼，我們現在往哪走，泰勒？」

「我想我找到線索了。」我說。她順著我手指的方向看去，發現在一扇掛有樓梯標誌的門上被人以鮮血畫了一個大箭頭。「這道樓梯通往三樓的辦公室。我們最好快點上去。剃刀艾迪在等我們呢。」

「太好了。」蘇西說。

□

我們跟著牆上的箭頭指示走上了樓梯。蘇西走在前面，舉槍檢查路過的所有陰影。一路上沒有任何意外的驚喜，只看到更多的破壞跟血跡。從血跡的量跟凝結的程度來看，不久之前這裡曾死過很多很多人，不過卻連一具屍體也沒有留下。牆上的血箭頭一直將我們領到三樓後方的一間小辦公室前，辦公室的大門橫躺在地。蘇西跟我越過地上的房門，走入辦公室中。房裡的廉價家具都還完好如初，只不過牆上滿滿地濺了一大片血跡。血跡之旁有一個鑲入牆面的保險櫃，櫃門此刻已經躺在旁邊的地上。坐在辦公桌後面研究著保險箱裡的文件的正是剃刀艾迪。他到此時都沒有抬頭看向我們。

「哈囉，約翰，蘇西。進來吧，把這裡當自己家。我忙完了再跟你們說。」

蘇西直奔保險櫃，在發現裡面擺滿現金之後，她臉上露出笑容，二話不說開始把錢裝入自己的口袋裡。蘇西一直以來都是個非常實際的人。

刮鬍刀之神看來跟以前一模一樣，依然身材高瘦，穿著一件很久以前就該丟掉的超大灰外套。這件外套破爛到了極點，若不是因爲上面的污垢夠黏的關係，只怕早就已經散成碎片了。他的臉色蒼白得很不自然，眼神空洞到有如死人一般。他的聲音低沉、控制得宜，聽起來幾乎跟鬼一樣。他全身上下隨時散發出一股濃濃的臭味，就連死於黑死病的老鼠都比剃刀艾迪好聞。他身邊沒有蒼蠅圍繞的唯一理由就是蒼蠅只要接近他就會被臭死。如今他正以修長的十指緩緩地翻閱著面前的文件，有條不紊地將其分門別類。

「十字軍團是個極端右翼的基督教組織。」艾迪終於開口，不過目光依然停留在桌上的文件。「他們人數眾多，資本雄厚，喜好火焰跟硫磺，夢想是要發起聖戰……進而消滅世界上任何有趣的事物。倉庫裡的這個十字軍團派系正在對夜城計劃一場全面入侵，目的在於找尋墮落聖杯。顯然大奢基把所有能賣的軍火都賣給了他們，從虎式坦克到肩負式火箭發射器，以及多到數不清的槍枝與彈藥，應有盡有，然後又在戰火未開之前逃出夜城。手段凶殘的敗類，我是說十字軍團。根據我這裡找到的證據顯示，他們準備放一把火燒了夜城，然後對任何會動的東西開槍，直到有人出面交出墮落聖杯為止。不過他們的運氣不錯，剛好碰到有人自動送上門來兜售墮落聖杯。他們當然嚴刑逼供，從那可憐蟲的口中問出聖杯的下落，然後把東西奪了過來。」

「然後我又從他們手中把東西奪走，當然其中過程並不愉快。」

「十字軍團曾經幹過不少壞事，我一直都想找個藉口表明我個人對他們行爲的不爽。宗教的名聲就是被他們這種極端份子給搞臭的。當然，在這裡的不過是十字軍團的一小部分，不過相信我的訊息已經傳達出去了。」

「訊息？」我說。

「就是叫他們離夜城遠一點。」他終於抬起頭來，蒼白的嘴唇上揚起一絲笑容。「可惜我不知道天使要來。雖然我也不太喜歡天使，不過它們應該比我對十字軍團還要不滿。」

這時蘇西已經把全身口袋都塞滿鈔票，走到我身旁，瞪著艾迪問道：「你把他們的屍體拿到哪去了，艾迪？」

他笑了一笑：「我把他們賣了。價碼還不錯。」

有些話題還是不要多問比較好。我禮貌性地清清喉嚨，將艾迪的注意力吸引回來。「你說你知道收藏家的下落，艾迪。我眞的很急著要找到他。」

「啊，沒錯。夜城一大謎團，收藏家的秘密寶窟。我去過。相信你們一定在想爲什麼他要把心中最大的秘密對我這種人透露。其實答案很簡單，眞的，因爲我沒有給他任何選擇的餘地。想要我幫忙從十字軍團手裡奪走墮落聖杯並且交出來，他就必須答應讓我瀏覽一遍他所有的收藏品。」艾迪輕輕一笑，發出有如冷風吹過枯樹枝的詭異聲響。「他完全沒有拒絕的餘地。我堅持要看他的收藏，而他又無法眼睜睜地看著如此獨特的物品跟自己擦身而過。我本來還不知道眞名之槍在他手上，直到他告訴我他把槍弄丟了。那是一把很可怕的武器，我聽說現在在你們手中了？如果你們還有點理智的話，趕快把槍脫手。眞名之槍從未給任何人帶來快樂、財富與智慧。它是爲了毀滅而造的，除此之外再也沒有任何目的。總之，我認爲既然收藏家擁有一把這種等級的武器，他很可能還有其他類似威力的東西，我必須確定他到底有些什麼。畢竟，天知道他什麼時候會拿那些武器來對付我。」

我心中有些話想說，不過還是沒有說出口。「我們曾嘗試使用眞名之槍，」我說。「不過沒有成功。」

「那把可惡的槍是活的，」蘇西道。「而且非常邪惡。」

「這樣的話，妳還能活著眞是令我驚訝。」艾迪說。「眞的，很難相信妳還能保有理智。」

「收藏家的寶窟長什麼樣子？」蘇西跟往常一樣直指重點。

「很大。」艾迪說。「比正常人的心智所能想像的還要大。一層又一層，全都塞得滿滿的，其中還包括了很多運到之後就沒拆封過的木箱。他收藏的東西之多，只怕連他自己都無法確定自己擁有些什麼。當然，他寧願死也不願找人幫忙整理寶窟。」艾迪想了一想，又道：「我可以肯定他收集物品的日子一定比任何人想像中還要久遠。他擁有不少令人難以置信的……」

「他的巢穴在哪，艾迪？」我耐心地問。「我們要怎麼去？」

艾迪從身上拿出一張電腦卡放在桌上。那是一張黃銅所製的卡片，上面鑲了幾顆珍貴的寶石。「這張卡片可以開啓收藏家寶窟裡面所有的鎖。他應該還不知道卡片不見了，不過我認爲要使用的話就該越快越好。」

「艾迪，」我說。「寶窟究竟在……」

「在月球。」剃刀艾迪說。「位於寧靜海底下的一堆通道跟洞穴之中，裡面裝置了發電廠、人工大氣跟重力場。我不知道那是他自己建造的還是意外發現的……反正他把寶窟布置得跟自己家裡一樣，更加裝了完善的防禦系統，其中有些武器顯然是來自未來。有時候眞不得不佩服那傢伙的膽量……至於你們要怎麼前往月球、偷入寶窟，就是你們的問題，我一點都幫不上忙。因爲我來去都是收藏家用傳送的。有問題嗎？」

「有。」我說。「認識好的旅行社嗎？」

「啊，泰勒。」一個熟悉的聲音突然自我身後傳來。「還是那麼喜歡亂開玩笑。」

我認出這個聲音，慢慢轉過身去。渥克神態自若地站在門邊，跟往常一樣散發文雅的士紳氣質。這時蘇西的槍口已經指在他的身上。渥克先是對她點了點頭，然後又跟我打了個招呼。接著他瞪了艾迪一眼，嘴裡發出一種厭惡的聲音，最後轉回我的面前。

「眞好，泰勒，我看你還是喜歡跟壞朋友一起。要是不跟他們混在一起的話，你的日子應該會好過許多。」

「你是說要我去幫你跟當權者做事？」我冷笑道。「渥克，即使當權者被火燒焦了，我也不願意在他們身上撒尿。他們，還有你，就代表了我所鄙夷的一切。我有我的自尊，而且還保有一點良知。」

「是嗎？」渥克說。「先別提你的良知了。恐怕我有點壞消息要告訴你，泰勒。天使已經跟我的老闆直接接觸過了。你心中很驚訝，這點我可以了解。我的老闆們一直以爲他們躲得十分隱密……不管怎樣，天使明白表達了它們的立場，如果當權者不乖乖合作幫忙找出墮落聖杯並且交給他們，天使就要把夜城整個毀掉。它們會將所有活的生命屠殺殆盡，把所有建材夷爲平地。天使可不是什麼愛好和平的生物，不過，我想它們也沒有愛好和平的必要。」

「哪一邊的天使？」蘇西問。「是天堂還是地獄的？」

「我不知道。」渥克說。「天堂？地獄？還是都有？有什麼差別嗎？重點是當權者已經在夜城投資太多心力，不可能就這麼眼睜睜地看著天使毀滅夜城，所以他們只好同意與天使合作。講白一點，他們命令我來抓你回去，泰勒。我會帶你回去，我們可以坐下來泡杯茶，聊聊天，或是吃點小點心，然後你要運用你的天賦幫我們找出墮落聖杯的下落。不，你沒有其他選擇，只能乖乖跟我走。別動怒，泰勒，跟我合作不但可以解救夜城，還可以在當權者心中留下好印象，何樂而不爲呢？有些人可是會爲了這種機會而心存感激的呢。現在乖乖跟我來吧，好孩子。時間可是很急迫的呀。」

「你以爲我們會任由你帶他離開？」蘇西的聲音平淡中帶有危險，她的槍口正對著渥克胸前的第二顆扣子。「我從來都不信任當權者，也不可能從現在開始信任他們。爲了探知墮落聖杯的下落，天使們已經搞過一次泰勒的腦袋了。這裡是夜城，渥克。我們可不歸天堂或地獄管轄。」

渥克不動聲色地看著她。「上面沒有叫我動妳或是艾迪。你們兩個可以自行離開。如果你們執意要干涉這件事，我就不能保證你們的安全了。」

房內緊張的情勢一觸即發。蘇西露出不懷好意的笑容，艾迪則以一種深藏不露的目光看著渥克。這種情形下，如果是其他人的話早就跑了，然而渥克卻不會輕易退縮。他乃是當權者的代表，被賦予壓倒性的權威力量。夜城裡流傳了許多關於渥克的故事，而這些故事通通沒有美好的結局。我向前踏出一步，將他的注意力吸引回我身上。他對我展開微笑，不過目光依舊冰冷。

「非常好，泰勒。我始終相信你是個識時務的人。」

「你之前保證將此事交給我全權處理。」我道。「你說最好的處理方式就是由我出面取得墮落聖杯，然後把它藏到沒有人找得到的地方。」

「情況不同了。」渥克冷冷地說。「識時務者爲俊傑。我不能違抗上面的命令，你也不該違抗我的。走吧，泰勒。我可不想傷害你。」

「你眞想跟我單挑嗎，渥克？」我說話的語氣令他動了殺機。「也許我們應該打一架，爲了多年累積的恩怨。你從來沒有懷疑過……你從來都不想知道我們是不是當眞跟外面傳說的一樣可怕嗎？」

渥克看著我好一會兒，我則毫無畏懼地與他對看。我可以感覺到蘇西全身劍拔弩張，有如繃緊的彈簧一樣隨時準備出手。接著渥克再度笑了笑，聳肩道：「下次吧，泰勒。你確定我不能說服你自願跟我走嗎？我的手下可不是好惹的，相信你也不想看到朋友爲了你而受傷吧？」

蘇西挑釁道：「是呀，沒錯，我好怕。」

「再見，渥克。」我說。「自己走，不送了。」

渥克搖頭道：「你知道要是你父親在這裡的話，絕對不會允許你這樣做的，約翰。他很明白什麼是職責所在，什麼叫做爲他人負責。」

「你別提我父親！幫當權者做事爲他帶來什麼好處？當他需要幫助的時候，你又在哪裡？你還算是他的朋友嗎？他跟我母親結婚的時候你又做了什麼？或許該是我們談談我母親的時候了，你要不要談？」

「不。」渥克說。「我不會跟你談你母親的事。」

「不談……從來沒有人願意談。」我冷冷地說道。「眞有趣，不是嗎？」

剃刀艾迪突然自辦公桌後站起，瞬間房中所有目光都集中到他的身上。他的外表其實並不起眼，但是當時他駭人的氣勢幾乎溢滿整個房間。他看向渥克，渥克則恭敬地對他微微點頭。

「約翰不需要去任何他不想去的地方。」艾迪發出有如死神般的聲音說道。「別以爲你可以嚇倒我，渥克。我見識過比當權者跟天使更加可怕的東西。」

「而我純粹只是很可怕而已。」霰彈蘇西說。

「我見過墮落聖杯。」剃刀艾迪說。「收藏家絕不適合擁有它，不過你跟天使也都不是適當人選。它是個不屬於這個世界的東西，唯一讓我覺得有能力處理它的人只有泰勒。走吧，約翰、蘇西，渥克交給我對付就好了。」

渥克以同情的表情看著我道：「你不會眞的以爲我是一個人來的，對吧？」

一道華麗的殘影以迅雷不及掩耳的速度衝入屋內，穿越渥克的身軀，在路過我的時候順手一拳，幾乎將我擊倒在地，緊接著又對著艾迪迎去。艾迪讓這股強大的勁道打得離地而起，撞爛身後緊閉的窗戶，衝入窗外的煙霧之中，跌入三層樓高的地面之下。蘇西身形疾轉，槍口變位，不過還來不及開槍對方就已搶近她的身前，揮手打掉她的大槍，另一手插入她的腹中，將腸子給扯了出來。蘇西發出一聲充滿驚訝與痛楚的慘叫，就看她的皮夾克化成無數碎屑飄落，肚子上彷彿開了一張血盆大口一般，鮮血及內臟不住自其中灑落。她跪倒在地，顫抖的雙手緊握傷口，然而卻怎麼也阻擋不了鮮血自其中噴灑而出，染紅她的膝蓋及雙腳，在地上聚成一灘恐怖的血泊。

儘管我跟蘇西相隔只有幾步之遙，然而我卻好像爬了很久才終於來到她的面前，將她摟在懷中。我緊緊抱住她的肩膀，試圖緩和她劇烈的顫抖。她全身冒滿冷汗，臉色白得有如骷髏一般。她雙眼慢慢轉向我，似乎想要說些什麼，然而由於雙唇抽痛得太過厲害，根本說不出任何言語。她的眼神中沒有恐懼，有的只是一股認命的悲哀。她伸出一隻染滿鮮血的手試圖要去搆槍，可惜她的霰彈槍遠在房間的另外一側。至於她的另一隻手，則是想盡辦法要把流出來的內臟塞回自己體內。地上的血液跟內臟散發出令人難以忍受的臭味。此時蘇西的呼吸越來來急促，伴隨越來越濃厚的抽氣聲，似乎每吸進一口氣都需要經歷極大的痛楚一般。

她就要死了。我們兩個都非常清楚。

殘影突然在我面前停下，凝聚成一個熟悉的身影，一個我已經有好多年沒見過的身影。我早該知道了，除了她沒有其他人能做到這種事。她擺出一個優雅的姿勢，愉快地對我微笑。她總是喜歡炫耀自己的能力。此刻，她一隻戴著白手套的手裡拿著真名之槍的盒子，顯然是在她扯出蘇西內臟的同時順手取走的。她在我面前晃了晃盒子，好像在炫耀什麼獎品一樣，然後若無其事地將其夾在腋下。

「一點額外的獎賞，雖然我的收費已經過高了。我想你不會反對吧，親愛的渥克？」

渥克張口欲言，不過話到口裡又縮了回去。

「哈囉，貝兒。」我以一種自己都認不出來的聲音說道。「好久不見了，是不是？」

「喔，很多年了，親愛的。不過你是知道我的，我最喜歡跟老朋友聚聚了。」

貝兒，拉貝兒・丹・聖斯梅西的簡稱。身材修長，舉止優雅，美艷動人，久經世故，體態曼妙到一種超自然的地步，全身上下散發出一種穩健無比、風格獨具、邪異妖媚的驚人魅力，搭配著一種有如貴族般的傲慢神情，對類似倫理道德這類小事完全不屑一顧。她自成一格，並且樂在其中。她的臉部擁有完美的骨架，寬廣的額頭，淡紫的雙眼以及豐潤的雙唇。貝兒是個獨立作業的傭兵，舉凡密謀、暗殺、偷盜、政變等等任何勾當，只要你出得起錢，她都敢幹。這些年來，她可以算是壞事做盡了。她在歐洲各國首都遊蕩，所到之處留下了無數破碎的心，以及破碎的屍體，從來不曾回顧曾經。大部分的時間，她不願意跟夜城有任何瓜葛，因爲她認爲這地方配不上自己的格調。不過我認爲她只是不喜歡面對眞正的競爭對手罷了。

不過貝兒倒也眞有了不起的地方。她隨時隨地都可以跟人動手，而且從古至今都不曾敗在任何人的手裡。她之所以這麼厲害，主要還是因爲她全身上下都是從手下敗將身上奪來的各種能力及寶物的關係。她背上披了一張狼人的毛皮，毛茸茸的又厚又重。她親手從對方身上割下這層皮，將其披在自己身後，並讓狼人的大口蓋上腦袋，口中的尖牙扣住額頭。這張皮可不只是穿了好看而已，她利用自己的魔力爲狼人的皮注入生命，並使它成爲自己身體的一部分。如今狼人的毛皮都被她所佔有，好處就是她同時也取得了狼人自我醫療的能力。她胸前閃閃發光的金色盔甲乃是龍皮所鑄，世間沒有任何武器可以將之刺穿。她手上的長手套其實是由吸血鬼的皮膚製成，也是她赤手空拳自對方身上剝下來的。她其中一只手套的指尖處突出了五根長長的利爪，乃是割自食屍鬼的手中，進而移植到自己的手指之上。至於她腳上的長靴則是第一次見到，我看不出是從哪裡奪來的。貝兒的魔法讓這一堆寶物都變成自己身體的一部分，進而使得她成爲無人能敵的狠角色。

貝兒是個徹頭徹尾憑藉自己雙手打造而成的女人。

她的外表最令人吃驚的地方就在於左右兩邊臉並不對稱。她左半邊臉的膚色顯然比身體其他部分的顏色都暗上許多。這是因爲曾經有個敵人撕掉了她半張臉，於是在將對方殺害之後，貝兒就把對方的臉撕下來代替自己原先的臉。這半邊新的皮膚看起來比較年輕、緊繃，並且跟附近皮膚緊密密合。

只要價錢合適，或者目標有挑戰性，或者目標擁有想要的能力，貝兒可以去任何地方殺害任何人。

我緊緊抱著蘇西的身軀，試圖讓她抖動的身軀好過一點。此時她抖得十分厲害，有如遭到雷擊一般。鮮血自她口中噴出，沿著嘴角流至下巴。我幾乎可以感受到生命正自她體內緩緩流失。我很想撲到貝兒身上將她撕成碎片，可惜我不能這麼做。我絕不能如此衝動。貝兒對一切攻擊免疫，不管是肢體上還是魔法上的攻擊都一樣。至少她是這麼以爲的。我唯一的機會就是冷靜下來不斷跟貝兒講話，轉移她的注意力，然後慢慢地運用我的天賦來對付她。如果應對得宜，說不定就可以逃出生天。只要我能將注意力集中成一小點，我應該就能以天賦的力量穿透她的魔法防禦，在神不知鬼不覺的情況下達到我的目的。這是個很危險的舉動。要是讓貝兒發現了我的意圖，她會立刻把任務丟到一旁，毫不猶豫地割斷我的喉嚨。況且如此使用我的天賦很可能會引來敵人的注意，進而洩露我的行蹤。我必須要小心，要專注，絕不能被她發現。

幸運的是，這點正是我的專長。

「好久了，貝兒。」我盡量維持正常的語調說道。「多久了？我們合作解決地獄風暴事件到現在有六年還是七年了？我以爲我們合作得很愉快呢。」

「別想勾起我的良心，親愛的。」貝兒以她美妙動人卻又冷酷無情的聲音說道。「你明明知道我根本沒有良心。我們的確是很好的夥伴，約翰，但也就僅止於此了。」

「聽說妳在巴黎的地下墓穴裡被『走路男』盯上，我還以爲妳被幹掉了。」

「喔，他的確差點得手了，不過我可不像你懷裡的那個小可愛那麼好殺。可憐的蘇西，我一直不知道你看上她哪一點。」

「妳的身手比以前快上不少，貝兒。最近吃了很多維他命嗎？」

「看到這雙新靴子了嗎，親愛的？很厲害吧？我剝了一個希臘神祇的皮，把祂的速度據爲己有。」

「放棄吧，約翰。」渥克說。「現在就跟我走，我保證會找人來醫治蘇西。沒必要搞出人命，把你的自尊放到一邊。這一回，我可是好人。我是在拯救夜城免於毀滅的命運呀。」

「有人告訴我。」我說，目光依然緊盯貝兒。「不管是哪一邊的天使奪得墮落聖杯，世界末日都會提早到來。」

「你說的好像這是一件壞事一樣。」渥克說。「黑暗聖餐杯不是屬於人間的產物，約翰。它從來都只會製造麻煩。就把它交給足以控制它的勢力手中吧。」

「啊，渥克。」我說。「老是喜歡亂講道理。」我面帶憂傷地對著貝兒微笑。「妳該知道不能相信他，或是當權者。」

「我誰都不相信，親愛的。不過渥克事先付款，所以我死心蹋地地爲他效勞。等到這樁不幸的買賣結束，你不再對他們具有利用價值之後，我就可以進入你活生生的腦袋裡，找出你天賦的泉源，將它扯出你的體內，裝入我的腦中。這不是很甜蜜嗎？我是說，這樣我們就可以永遠在一起了。現在，放下蘇西，跟我走。還是說你想要先打一架再走？」

我輕輕地將蘇西抱到一邊，溫柔地讓她躺在血泊旁。她的雙眼一直看著我。我站起身來，面對貝兒。蘇西的血染紅了我的外套，慢慢自我緊握的雙拳中滴下。我對貝兒冷笑，說道：「來打一架吧，親愛的。」

她對著我大笑。「你不會對淑女動粗的，是不是？」

「當然不會，」我說。「認識任何淑女嗎？」

趁她還在笑的時候，我集中精神穿越了她所有的心靈防備，以天賦對她展開攻擊。我的天賦可以找到任何東西，而這一次我要找的是貝兒用以綁住所有自他人身上奪取而來的能力的魔法力量。我找出了這道魔法，然後輕而易舉地就以心靈力量將之毀滅。貝兒發出一聲慘叫，緊接著她體內的魔法消失，所有的能力跟寶物也隨之失效。狼人的皮從她身後掉落，露出背上鮮紅色的血肉，再也沒有任何皮膚覆蓋其上。手套跟皮靴突然裂開，瞬間碎成無數碎片，消失得無影無蹤，赤裸裸地露出手腳上的血肉跟肌腱。年輕的半張臉自她頭上滑落，化爲飛灰煙滅。貝兒恐懼地尖叫著，臉上的表情有如一場驚嚇駭人的恐怖秀一樣。

我向前跨出一步，一拳打斷她的脖子。她在身體著地之前就已經死亡。

我蹲下身子撿起狼人的皮。那張皮在我手中腐朽，不過我想我還是來得及在它徹底消失之前用它最後一次。我抬頭看向渥克，不過卻找不到他，八成是跑去搬救兵了。我在蘇西身旁跪下，發現她此刻身體僵直，幾乎已經沒有呼吸。我把地上所有內臟塞回她的體內，然後將狼人的皮舉在傷口上方，撕成碎片，在蘇西的腹部滴滿狼人的血液，期待血中的醫療效果能夠救回蘇西。一開始什麼都沒有發生，不過過了一會兒後，蘇西的傷口開始癒合，很快地消失到無影無蹤，彷彿從來不曾受過傷一樣。

我擠乾狼人的皮，順手丟到一旁。它對我已經沒有用處了。我扶起蘇西，雙手摟著她的肩膀，輕輕地搖晃她的身體。漸漸地，她的呼吸越來越重，越來越規律，最後終於張開雙眼，露出滿臉疑惑的神情。她大口地呼吸，似乎害怕再度失去呼吸的能力。接著她伸出血紅的雙手摸著腹部的傷口，卻發現什麼都沒有。她盯著自己完好如初的肚子看了一會兒，然後抬頭對我微笑。我點了點頭，與她相視一笑。

她緩緩舉起手來，輕輕撫摸著我的臉頰。我動也不動地坐在地上，深怕破壞這珍貴的一刻。她慢慢移動手指，從我的臉頰到我的嘴唇，遲疑地與我身體接觸。這觸摸好像蝴蝶翅膀一樣脆弱，似乎隨時都可能粉碎。最後她在我身上使勁一推，幾近掙扎地逃離我的身邊。她四肢著地，背對著我，大口地喘氣，用力地搖頭。

「蘇西……」我說。

「不。我辦不到！」她的聲音十分刺耳。「我不行，連跟你都不行。」

「沒關係。」我說。

「不！有關係！不管殺他多少次，我就是沒辦法擺脫他！」

她站起身來，步伐踉蹌地走到霰彈槍旁，撿起槍，朝著貝兒的臉開了三槍，一直轟到她脖子上什麼也不剩了為止。

「以防萬一。」蘇西道。「況且，你看這婊子把我最好的夾克弄成什麼樣子。」

我站起身來看著她，不過她卻別過頭去。這似乎是有生以來第一次我完全不知道該說什麼。就在這個時候，外面的走廊上傳來一陣急促的腳步聲。我跟蘇西立刻轉而面對門口，期待看到渥克帶來新的幫手，因為我們都很想找些人來海扁一頓。只可惜最後出現在門口的只是手裡拿著珍珠柄刮鬍刀的剃刀艾迪而已。他看了一眼貝兒的屍體，鬆了一大口氣。

「你跑哪去了？」蘇西放下槍問道。

「三層樓高還摔不死我。」艾迪的聲音依然像鬼一樣。「可惜要爬三層樓梯回來還是需要一點時間。不管怎樣，少了我你們似乎也應付得不錯。渥克呢？」

「他一看情況不對就跑了。」我說。「不過他一定會帶幫手回來的。」

「有人來了。」艾迪說。「我感覺得到。有人來了，不過不是渥克。」

突然之間，我們三個都感覺到辦公室裡多了一個人。辦公桌後這時站了一個身穿灰衣的灰色男人。在這麼近的距離之下，我發現他連臉都是灰色的。天使找到我了。

「快走，約翰。」剃刀艾迪道。「還會來更多，更多天使。」他走到我們跟天使之間一站，又道：「走！我來纏住它們。」

他左手一舉，已經把眞名之槍抄在手上。槍一出手，四周的空氣彷彿都被下毒了一般。天使開始發光，那光芒耀眼到似乎根本不屬於這個世界的東西。蘇西跟我奪門而出，盡我們所能地奔下樓梯。一股十分可怕的壓力在我們身後凝聚，就像是有場暴風雨即將到來，感覺有如血液中的巨雷，靈魂裡的閃電。我們同時跳入大廳，頭也不回地繼續狂奔。就在此時，一個恐怖的聲音從不知名的地方傳入我們腦中，將一個奇異的字眼反向發音。跟著就是一陣淒厲至極的慘叫聲，差點就連我的腦袋都給震爆。蘇西跟我衝出街道，繼續奔跑，接著聽見整座倉庫在我們身後爆炸。我們幾乎被爆炸的震波震得離地而起，不過腳下絲毫不敢減速，只能死命奔跑，一路衝到街尾。

最後我們終於停下腳步，大口喘氣，回過頭去，只見大奢基倉庫的外牆向內坍塌，消失在一大團黑煙之中。數秒之後，整棟倉庫消失得無影無蹤，只在地上留下一堆殘磚敗瓦。

「你看艾迪有及時逃出來嗎？」蘇西問。

「應該。」我說。「剃刀艾迪不是隨隨便便可以殺死的。」

「之前人們也這麼說貝兒。」

「我們該走了。」我說。「還有更多天使要來。」

「太好了。什麼地方可以躲過天使的追殺？」

「陌生人酒館。」我試著讓自己的聲音很有自信。「我有個點子。」

「喔，你的點子通常都很危險。」

「閉嘴，跑就是了。」

chaper 7　梅林現身

我和蘇西在夜城中穿梭，躲避著來自天堂與地獄的追殺。眾天使展開雙翼盤旋於夜空之中，我跟蘇西則看準機會在建築物之間悄悄移動。到處都是火焰跟爆炸，死亡與毀滅。不管繁華還是貧賤，夜城裡所有的一切都在一夜之間於天神的腳下化爲灰燼。我很快地看了看身旁景象，試圖找回失去的方向感。倉庫區的路我不算很熟，再加上如今四周一片混亂，我唯一能夠肯定就是我們現在離安全的所在非常遙遠。我隨便找條巷子轉了進去，蘇西也跟著我團團亂轉。跑到此時，我已經感到口乾舌燥，不過蘇西倒是一副臉不紅氣不喘的樣子。

我發現前方有點動靜，於是停下腳步。蘇西也看到了，順手拔出霰彈槍橫在我面前。兩條黯淡的身影衝出街尾的火光之中，對著我們直奔而來。不知怎麼著，這兩條身影看起來都十分……詭異。後來我們才發現前面那條身影是影像伯爵的表皮，而後面那條則是他被剝了皮的身體。蘇西跟我閃到一邊讓它們路過。這種情況下我們什麼忙也幫不上。

「我想夜城的反抗持續不了多久。」我盡量冷靜地說。

「我以爲自己什麼都見識過了……」蘇西道。「天使實在太可怕了。我們不能待在街上，泰勒。我沒主意了，你想點辦法吧。要快。」

頭上的夜空中傳來翅膀拍擊的巨大聲響，顯然天上飛滿了數以百計，甚至數以千計的天使。我看了看四周，試圖找出任何可用的點子。街上幾乎沒什麼其他人了。所有人要不是躲了起來，就是已經被埋在地下。街道兩旁的建築聳立在黑暗裡，有些比較完好，有些已經成爲廢墟，不管怎樣，沒有任何窗戶透露出絲毫燈光。到處都是敵人，觸目所及沒有任何友善的勢力，顯然蘇西跟我只能靠自己了。雖然平常我們也是靠自己，不過如今孤立的感覺更甚。正當我們以爲情況不可能更糟的時候，更糟糕的事情就發生了。

街道上突然出現了好幾條灰色的身影，約莫有一打的灰衣人擋在我們面前，散發出一種不自然的氣勢。我回頭看，正如所料，後面也站滿了灰衣人。天使發現我們了。我抬頭看天，期待看到巨大的翅膀從天而降將我們抓走，不過一時還看不出任何攻擊的意圖。它們八成認爲眞名之槍還在我們手裡。一旦它們發現我們沒有眞名之槍，下手就不會留情了。

突然之間，擋在我們面前的天使同時綻放出強烈的光芒，逼退了四周的黑暗。蘇西跟我大叫一聲，感到一陣頭暈目眩，舉起雙手擋在眼前。我們太習慣於夜城中的黑暗，無法適應突如其來的光芒。天使盡展雙翅，綻放出的光芒有如太陽。我回頭，發現擋在身後的天使此時已經沒入自街尾而來的黑暗之中。那是一股全然無情的黑影，比純粹因爲沒有光芒照耀而生的影子黑上許多。我們被夾在難以忍受的光芒跟永無止盡的黑暗中間。

「喔，狗屎。」蘇西說。

「我也是這麼想。」我道。「請勿對任何天使開槍，蘇西。要是引來它們的注意，我們可能會更慘。」

「什麼我們？」蘇西笑道。「這些怪物眞的很想找你，是不是，泰勒？」

「它們要的是我的天賦，找尋事物的能力。只要掌握了我的能力，就一定可以率先找到墮落聖杯。」

「我看……」蘇西道。「既然它們人多勢眾，火力強大，我們是不是該考慮跟它們談條件？」

「不，」我想也不想就道。「一來我不免費工作，二來我不信任極端強權，不管是哪一種強權。」

「我想這由不得你吧？」

「而且爲了不讓我的天賦落入對方手中，它們雙方都可能打算將我毀滅。」我看著蘇西。「它們要的只是我，妳可以……」

「不，我不能，」蘇西道。「我不會丟下你不管，這是最起碼我能爲你做的。」

光芒對我們逼近，而黑暗也開始迎向前來。沒人知道這兩股勢力相遇會造成什麼後果，如此純粹的光明與黑暗根本不屬於這個世界。不管怎麼樣，當光明遇上黑暗的時候，我可不想傻傻地夾在中間。我四下亂看，而蘇西則十分不悅地舉起她的槍。

「如此勞師動眾，只是爲了找你，泰勒？這些怪胎難道不知道什麼叫濫殺無辜嗎？」

「它們是天使，蘇西，『濫殺無辜』的觀念就是它們發明的，記得『天火焚城錄』[註]嗎？現在我們同時面對了來自天堂與地獄的天使……我們被夾在光明與黑暗的中間。」

「眞是我一生的寫照。」蘇西說道。「快點，泰勒，我在等你想辦法呢。該怎麼辦？我們還能怎麼辦？」

「我在想呀！」

「每到緊要關頭你就會變笨，泰勒。」

蘇西槍口一轉，對著身旁的一扇門瞬間開了好幾槍。那扇門在硝煙瀰漫之下粉碎，整個向後場下。蘇西身形一矮，當場遁入門後的黑暗，而我則跌跌撞撞地跟著她跑。

一進入房內，我們立刻一邊一個貼著門旁的牆壁站好，讓雙眼熟悉房中的黑暗。背後的牆壁似乎十分厚實、安全，不過再厚的牆也擋不住任何天使。在它們眼中，牆壁跟空氣並沒有什麼差別。透過窗外傳入的光芒，我看見屋內堆滿了各式各樣的貨物。此時屋外的街道上傳來許多憤怒的非人叫聲，很純粹，很原始，吵到令人難以忍受。接著光明與黑暗在屋外相遇，發出天崩地裂一般的巨響。我們腳下的地板傳來巨

註：「天火焚城錄」，七〇年代的電影，改編自舊約聖經〈創世紀〉中的故事，描述耶和華降下硫磺與火毀滅了索多瑪與蛾摩拉這兩座罪惡之城的故事。

震，而四周的牆壁也晃得無以復加。強光閃爍，自窗外透入，有如閃電一般照亮整間倉庫。巨大的翅膀拍擊聲持續傳來，空氣中瀰漫了無形的象徵壓力，似乎在詔告天下此刻有兩股超越人性的勢力正在決定夜城的命運。我大哼一聲，很不爽地搖了搖頭。好像我們會坐視這一切，任由它們亂搞一樣。「這裡是夜城，你們這些渾蛋。我們可不歸你們管轄……」

「知道我們身陷何處嗎？」蘇西道。「我只看到一堆木箱，只聞到木屑跟貓尿的味道。」

「如果我沒記錯的話，這是間製造幸運符的工廠，希望這些玩意兒眞的有用。走這裡，我想。」

我對著倉庫內部的黑暗處跑去，蘇西則緊跟在後。我們在一堆堆的木箱之間穿梭，想要穿越倉庫跑到另一頭的出口。不過我們還沒跑出二十英呎之外，門口已經在一道閃光之下向內爆開。那一瞬間，整間倉庫大放光明，將其中所有物品照耀得一清二楚。我拔腿狂奔，蘇西也跟我並肩而行。天使破牆而入，地面震動得有如地震，嚇得我只能蒙著頭逃命。

我面前的地板突然裂了開來，瞬間拉出一條很寬的裂縫。我試圖跳過去，不過差得遠了。我只覺得腳下一空，嚇得差點吐了出來，緊接著就墜入彷彿無盡的黑暗之中。幸虧在最後關頭我的手碰到了裂縫的另外一邊，於是我當場死命抓著不放。我的肩膀在下墜的勢道突然停止的時候爆出一陣劇痛，全身的體重就靠著一隻手苦苦支撐。我伸出另外一隻手想要抓住裂縫邊緣，但是卻始終搆不到。地板還在劇震，我所抓住的邊緣似乎十分鬆動。我抬頭，發現蘇西站在眼前看著我。我就知道她有辦法跳過去。她蹲下，察看著我的處境，臉色十分難看。

「快逃吧。」我說。「它們要的不是妳。我想我寧願掉下去摔死也不要被它們利用。」

「我不能眼睜睜地看著你摔死，泰勒。」

「你不能碰我，記得嗎？」

「不能碰個屁！」蘇西．休特說。

她對我伸出一隻手，我則舉高我另一隻手抓住她。蘇西的臉上展現一股堅定的神情，而自她手中傳來的勁道有如死亡一般執著，有如生命一般活躍，有如友情一般感動。她將我拖出裂縫，然後跟我一起癱倒在地上。一旦我脫離險境，她立刻放手。接著我們跌跌撞撞地爬起身來。

「只要有必要，我能做出令你想像不到的事。」蘇西說。

「我知道，」我說。「我嚐過妳做的菜，記得嗎？」

有時候，某些事情只能以玩笑的比喻帶過。

天使們踏著牆壁的廢墟走入倉庫，似乎那些牆不過是比較厚重的迷霧一般。也許在物質界裡，天使的存在比所有其他東西都還要真實。此時倉庫之中充滿了強烈的光芒與恐怖的黑暗，吞噬著所有它們碰觸到的物品。蘇西向我瞪來。

「告訴我你想到逃命的辦法了，泰勒。隨便什麼辦法。我認爲我們最遠只能逃到這裡了。」

「我是有個辦法。」我說。「不過我不確定該不該用。」

「那是個絕佳的好辦法，」蘇西立刻道。「不管是什麼辦法，總之是最好的辦法，我已經愛上這個辦法了。到底是什麼辦法？」

「我有一條通往陌生人酒館的捷徑。不久前，艾力克斯．墨萊西一時心軟，曾經給了我一張只有在緊急狀況才能使用的特別會員卡。只要啓動這張卡，其中蘊含的魔法就會把我們直接傳送到酒館裡。因爲艾力克斯聽說我曾經在他的酒館外面遭到痛苦使者埋伏……」

蘇西神情不悅地看著我。「身上有這種東西，你怎麼會到現在還沒拿出來用？」

「因爲有缺點。」

「我就知道。」

「這類魔法都會留下痕跡。」我耐心地說。「我們一走，天使就會知道我們被傳到哪裡去了。我本來是希望能夠甩掉它們的……不過現在顯然是沒有選擇餘地了。」

「拿出來用吧。」蘇西說。「相信我，現在就是使用它的最佳時機。墨萊西老是吹噓他的酒館有多棒的保護措施，我想我們早就該測試看看是有多棒了。」

「他不會高興看到我們的。」

「他什麼時候高興過了？拿出來用！」

我老早把卡片拿在手上了。那是一張十分簡單的卡片，其上用哥德字體印了酒館的店名，並且用紅色顏料刻了「你在這裡」的字樣。我大拇指壓在血紅的字樣上，啓動了卡片上的魔法，誘發了其中的能量。艾力克斯總是喜歡華麗的魔法。天使感應到傳送法術的力量，當場全部對我們衝來。卡片突然變大，轉化爲一扇魔法之門，門裡傳來舒適宜人的光線以及吵雜的酒館音樂。蘇西跟我衝進門中，進入陌生人酒館，然後魔法門就在我們身後關閉，阻擋了天使們的怒吼聲。

我曾經用過各種驚人的方式進入陌生人酒館，不過我想，我跟蘇西突然憑空出現在酒館之中，大叫「快逃命！天使要來了！」應該是最具震撼力的出場方式了。酒館中三教九流的各路人馬通通在那一瞬間想起來還有其他更重要的事情要忙，紛紛奪門而出，瞬間跑得一乾二淨。有些人走大門，有些人爬窗戶，有些人在一陣黑煙中消失，也有些人自己開了魔法門離開。其中有一個嚇壞了的變形人當場化身爲一張高腳凳，靜靜地站在原地，期待不被任何人發現。還有一個傢伙（每次都有這種傢伙）趁亂跑到吧台後方搶起收銀機，不過還沒跑出幾步就被艾力克斯的保鏢，露西跟貝蒂·柯爾特倫，給逮個正著。貝蒂從對方手中搶回收銀機，而露西則一腳把他的屁股踢到耳朵旁邊，然後她們放那個蠢蛋離開（只不過是瘸著離開），因爲她們知道接下來還有更重要的事情要做。艾力克斯站在吧台後面看著這一切，臉上的表情比正常情況還臭很多。等到最後一個客人離開，酒館陷入一片沉寂之後，他立刻把抹布往吧台上一丟，然後狠狠地向我瞪來。

「非常感謝你，泰勒。今晚的生意全跑光了。我就知道不該給你那張卡的。」

蘇西跟我氣喘吁吁地靠在吧台上，艾利克斯頗不情願地推了一瓶白蘭地到我們面前。我喝了一大口，剩下的讓蘇西一飲而盡。艾力克斯看得心痛不已。

「我幹嘛還拿好酒給你們喝，你們根本不懂品嚐。說什麼天使要來，那是怎麼回事？」

「它們在追我們。」我說。「而且很火大。」

「請告訴我們這裡防禦森嚴。」蘇西一面擦著嘴角的酒滴一面說道。「我眞的需要聽你這麼說。」

「這裡防禦森嚴。」艾力克斯說。「不過可能……沒那麼森嚴。」

「說清楚點。」我說。「你有什麼防禦機制？」

艾力克斯長嘆一聲：「我不喜歡透露商業機密，不過……基本上，這整棟房子都受結界籠罩，加上數個世紀以來無數魔法師所加持的詛咒以及精密陷阱，全部都是威力強大的上等貨。我爺爺還特別爲小便亂灑的傢伙準備了一道強力詛咒。當然，還有埋葬在酒窖裡的梅林。這些東西可以防止任何外力入侵，即使在夜城也是牢不可破，只不過從來沒人說過該死的天使會來！我想應該沒有人想過這種可能吧。當然，大家都沒想到你有辦法引來這種麻煩，泰勒。」

「你可以把我交給天使。」我說。「我能了解。」

「這裡是我的酒館！」艾力克斯立刻道。「沒人可以在這裡動我的客人，即使是你這種顧客也不行。沒人可以在我的地盤教我做事，就算是天國來的打手也不例外。我該把門窗鎖起來嗎？」

「如果你想鎖。」我說。

「鎖了有用嗎？」

「沒多大用處。」

「跟你在一起很有樂趣，泰勒，你知道嗎？」

蘇西背靠吧台，手拿大槍，小心翼翼地看著四周。「泰勒，天使大概多久會到？」

「快來了。」我說。

「我可以問一下你們身上的血是哪來的嗎？」艾力克斯說。「當然我並不是關心你們有沒有受傷，只是出於好奇，也爲了環境衛生著想。」

「我遇到了個老朋友。」我說。

「我認識嗎？」

「貝兒。」

「喔，」艾力克斯道。「她呀。那她……？」

「死無全屍了。」

「讚。」艾力克斯說。「高傲的婊子。一直都很討厭她。老是對我的吧台點心不屑一顧，而且每次都點頂級香檳，還從來沒付過錢。」

「你不會剛好在吧台底下藏了把超級大槍吧？」蘇西滿懷期待地說。

艾力克斯冷笑道：「就算有，我也不會笨到拿槍去指天使。不管怎樣，我聽說妳跟泰勒持有眞名之槍……你們不會弄丟了吧？」

「弄丟了。」我承認道。

艾力克斯的忍耐幾乎到達極限。他緊握雙拳，咬緊牙關，爲心中的憤怒與無力而氣得發抖。他甚至從帽子底下抓起了兩搓頭髮，使勁地拉扯著。

「這眞是你的作風，泰勒！我本來以爲我們還有機會，因爲我聽說眞名之槍在你手上。但是沒有！你弄到夜城裡面威力最強大的武器，然後居然還有辦法把它弄丟！你是個掃把星，泰勒，你知道嗎？你除了會帶來壞消息外，什麼都不會！我眞是快給你氣炸了……現在我們要拿什麼跟天使對抗？請它們喝一杯，然後在酒裡下毒嗎？露西，貝蒂，緊急方案！立刻執行！」

兩個保鑣二話不說，當即動手將附近桌椅通通搬走，在吧台前方清出一大塊空間。（移動的過程中變形人變的高腳凳悶哼了幾聲，但是說什麼都不肯變回原形。）清出足夠空間之後，她們就開始用鹽在地上畫出一道五星結界。她們的手法十分專業，即使沒有工具輔助依然描繪出十分工整的圖形。保鏢都需要學習很多特殊技能，特別在夜城更是如此。我們全部進入五芒星的範圍之內，然後兩個保鑣開始在五個邊上畫出許多魔法符號。在貝蒂畫下最後一個符號的同時，整個五芒星登時綻放出藍白色的魔法能量。強大的五星結界是藉由代表物質世界神經系統的牧線來吸取能量。不幸的是，天使的能量卻是來自比物質界的一切層次更高的地方。

貝蒂跟露西．柯爾特倫在彼此身邊坐下，緊緊擁抱在一起。她們能做的事就僅止於此了。蘇西跟我背靠著背站著，靜靜地等待天使的到來。艾力克斯神情緊張地看著四周，嘴裡罵聲不斷。至少他沒有一直瞪著我，然後以眼神傳達「全都是你的錯。還不快想辦法？你最好有個很好的計畫。」的意念。事實上，我心裡眞的有個計畫，不過現在還不是告訴他的時候，因爲他不會喜歡這個計畫的。

樓上，酒館的大門突然炸開，接著傳來一群翅膀拍擊以及許多沉重的腳步聲。旋轉梯上閃爍著許多耀眼的光芒，不過所有光芒都被擋在樓梯口之上。陌生人酒館古老的防禦系統開始作用，一觸即發的感覺越來越甚，有如暴風雨前的片刻寧靜。所有的窗戶在同一時間爆成碎片，玻璃在空氣中飛竄，不過沒有一片能夠穿越五星結界的藍光。黑暗自窗外緩緩入侵，瞬間淹沒了窗戶的輪廓，將酒館的牆壁完全吞噬。

「它們來了。」蘇西說。「天堂跟地獄都來了。」

「可憐的人類被夾在中間，就跟往常一樣。」我說著轉向艾力克斯。「現在只能靠你了。我們需要梅林。」

「不，」他說。「絕不。我才不要。」

「只有他才有能力對抗天使，艾力克斯。」

「你不懂，約翰。我做不到。」

「這就是你的計畫？」蘇西說。「召喚梅林？找一個不肯安份死去的巫師有什麼用處？」

「根據一些亞瑟王的傳奇，他的全名是梅林．撒旦斯邦。」我說。「因爲他的父親就是撒旦。」

「我以爲事情不會更糟了……」蘇西不悅地道。「你根本是在自掘墳墓。喜歡的話我現在就可以直接把我們全部幹掉，說不定這樣還比較爽快點。」

「放輕鬆，蘇西。」我說。「我知道我在做什麼。艾力克斯……」

「不要逼我，約翰。」他小聲道。「拜託。你不知道那種感覺，你不知道他對我的影響。召喚他，代表他會附在我的身體上。他會取代我，我必須消失才能讓他出現。那種感覺就跟死亡一樣。」

「我很抱歉，艾力克斯。」我說。「眞的很抱歉，但是我們沒時間管那些了。」

我的天賦竄入他的體內，找出他跟梅林之間的連接，然後將之推到極限。

「梅林．撒旦斯邦，現身吧！」

艾力克斯大叫，叫聲中充滿了痛苦、憤怒以及恐懼。在我們來得及阻止之前，他已經跑出了五星結界。不過他也只逃到吧台附近，改變就已經襲體而來。世界震動，現實轉換，轉眼之間艾力克斯已經消失不見，取而代之的是一個全新的面孔，或說是一個古老的人物。他氣度恢弘地坐在一張刻滿符文的鐵王座之上，赤身裸體，如同屍體一般慘白的皮膚上紋著數不清的塞爾特以及德魯伊刺青，大部分都是不堪入目的圖案。刺青之間顯露出的皮膚布滿了傷疤及腐爛的跡象。他已經死了很久了，而他的身體並沒有遮掩這個事實。他長髮灰白，滿是污垢，雜亂無章地散落在肩膀上，頭戴一頂槲寄生皇冠，臉上骨骼線條明顯，長相十分醜陋，眼洞之中冒著兩道翻飛的火燄，沒有眼球。他胸口有一道古老的傷痕，其上的皮、肉、骨全部不知所蹤，只留下一條深邃的長溝。他的心臟在很久以前就被人自體內硬生生地扯了出來。他是梅林，肉體已死，精神永在，力量比世間一切希望與智慧還要強大。梅林，坐在遠古的王座之上，臉上的笑容恐怖至極。

據說他的眼睛遺傳自父親……

他的存在全憑自己強大的意志力，生命、死亡以及現實全都必須在他的魔力之下臣服。雖然也有人傳說他之所以還存在於世間純粹是因爲天堂與地獄都不願意收留他的緣故。

「誰膽敢在這個時間打擾我？」梅林的聲音既深邃又黑暗，有如指甲摩擦靈魂一般地在人們耳中迴盪。

「我是約翰·泰勒。」我十分有禮貌地說道。「是我召喚你的。天堂與地獄的使者已經入侵夜城，目的是要找尋墮落聖杯。它們威脅到整個夜城的存亡，並且左右了你的後裔的生死。」

「可惡。」梅林道。「麻煩總是一樁又一樁。」

樓上傳來了一個聲音，一個絕非人類可以發出的完美合音。合音道：「我們是最高權力的意志；我們是純潔光輝的戰士；我們是神聖法庭的裁決。將那個凡人交出來，我們需要他。」

接下來說話的是另一個聲音，來自包覆所有窗戶，在牆上持續擴散的黑暗。這道合音十分刺耳、令人不快，不過依然不是人類可以發出的完美合音。合音道：「我們是晨星(註)的意志；我們是地底的戰士；我們是煉獄的裁決。不要多管閒事，把凡人交給我們。」

「典型的天使。」梅林輕鬆自在地坐在王座上說道。「只會虛張聲勢，欺善怕惡，從前如此，現在還是如此。死後世界的走狗，一點禮貌都不懂。所有天使都把嘴巴給我放乾淨點。我乃晨星之子，任何人都不能以這種語氣對我說話。我本可成爲毀滅基督教的王，但我拒絕了這項榮耀。我決定追求自由，不願受制於天堂或地獄。我一手創建了亞瑟的王朝，流傳下永垂不朽的歌謠。我爲人類帶來黃金時期，建立了屬於理性的年代。然後呢？聖杯在英格蘭現身，所有人爲之瘋狂。他們全都出發展開愚蠢的尋寶之旅，把對人民的責任擺到一邊。後來怎麼了？正如我所料，他們曾經成就的一切徹底崩潰。理性是什麼？在夢想面前有多少人能夠堅持理性？我依然懷念亞瑟。他從來都是最好的一個。亞瑟，我曾經的王，我未來的王。」

註：晨星（the Morningstar），即墮落天使路西法（Lucifiel）。

「你真的看過聖杯嗎？」蘇西問。她有勇氣打斷任何人說話。「聖杯長什麼樣子？」

梅林的笑容變得較爲和藹。「聖杯……很美。它是美麗與喜悅的產物。爲了它，人們即使失去世界都在所不惜。它的美麗……幾乎讓我爲了自己的膚淺感到羞愧。人類是不能單靠理性而活的。」

「如今墮落聖杯在夜城現身。」我說。「有人告訴我不管它落入哪一方天使手中都不會是一件好事。審判日將會到來，而且判決絕不樂觀。」

「黑暗聖餐杯……」梅林伸出一隻腐爛的手撫摸著胸前的傷口。「我早就知道那醜陋的玩意兒總有一天會在這裡出現。夜城存在的目的就是要創造一個天堂及地獄都無法直接干涉的地盤。這個地方獨立超然，遠離一切命運的擺布。在夜城，上帝跟魔鬼都無法左右事物，只能間接透過使者辦事。這也就是爲什麼天使在這裡會這麼虛弱的緣故。」

蘇西跟我交換了一個眼神，原來虛弱的天使就已經這麼可怕了……「對不起，梅林大人。」我禮貌地說。「您剛剛提到夜城被創造出來是有目的的？誰創造的？有什麼目的？」

梅林噴火的雙眼看著我，微笑說道：「去問你媽。」

不知道爲什麼，我就知道他會這麼說。

「如果這裡面有來自天堂的天使，」蘇西得不到滿意的答案絕不罷休。「爲什麼它們會殺人，把人變成鹽柱，摧毀完好的建築？」

「我們只懲罰有罪之人，」光明的合音說道。「而罪人無所不在。」

蘇西看了我一眼。「它們說的也不無道理。」

「當然沒錯。」梅林說。「在這裡，所有的天使都無法跟主人直接溝通。可憐的傢伙，它們習慣唯命是從，很少有自己的意見。這也就是爲什麼它們會把夜城搞得一團糟，因爲它們根本不擅長做任何決定，是不是，小子們？」

「我們爲了墮落聖杯而來。」光明道。

「你是否膽敢違抗我們？」黑暗道。

「有什麼不敢的。」梅林說。「這又不是第一次了，是不是？滾！全部都給我滾，不然別怪我烤焦你們的羽毛。」

光明向後退縮，黑暗停止擴散，不過四周被包圍的壓力只有越來越甚。

「泰勒。」蘇西急切地說。「告訴我你的計畫不止於此……」

「還沒完呢，」我說。「等著看吧。梅林大人，只要有你的幫助，我有辦法收拾這個爛攤子。雖然大家可能不會喜歡這個辦法，但是絕對都可以接受。當然了，接受是一個相對而言的詞彙。我不知道墮落聖杯的下落，但是我肯定有一個人知道。您的目光無遠弗屆，梅林大人，可不可以請你把收藏家帶來這裡呢？」

梅林伸出布滿刺青的手懶洋洋地比個手勢，收藏家當場就在五星結界之中現身。他兩眼大張，驚慌失措地四處亂看。正要開口謾罵時，發現梅林坐在一旁，立刻又將到嘴邊的髒話給吞了回去。收藏家是個中年胖子，油頭粉面，腦滿腸肥，身穿一身白色的緊身衣以及披肩，顯然是在模仿貓王晚年的造型，不過跟他本人一點都不搭。

「哇！」蘇西槍管指著收藏家的耳朵道。「這種服務實在太周到了。」

「喔，狗屎。」收藏家道。

「嘴巴放乾淨！」蘇西道。「有天使在場。」

「哈囉，收藏家。」我冷冷地說。「你的腳還好吧？」

「泰勒！我早該知道是你主使的！」收藏家還想咒罵，不過蘇西槍管在他腦袋上一頂，只好再度把話呑回，對我怒目而視道：「我得要重新長出一條腿，都是拜你從這麼多年前跑來管閒事所賜。你讓我好一段時間沒辦法進行時間旅行，不過反正那也不合乎成本效益，再說我老是在時間中遇到自己，老是必須跟自己傻笑，說起來也很煩人。現在，誰來告訴我爲什麼違反我的意願將我傳送至此？」

「因爲你必須過來一趟。」我說，然後停了一停，因爲我實在太想先問一個問題。「你身上這套眞的是貓王的衣服？」

收藏家站直了身子，不過也沒多高，得意洋洋地說：「當然是眞品！葛雷斯蘭（註）方面根本還沒發現這套衣服不見了呢。」

我笑道：「你裡面有包尿布嗎？」

收藏家眼睛瞇得只剩下一條小縫，說道：「你……想怎樣，泰勒？」

「墮落聖杯在你手上。」

註：葛雷斯蘭（Graceland），即貓王故居，現為貓王紀念館。

「沒錯，而且我要留著它。黑暗聖餐杯乃是稀世珍寶，是我最驕傲的收藏品之一。同行們知道墮落聖杯在我手裡的話，一定會羨慕死的。」

「如果不立刻把事情解決的話，我們全部都會死。」我說。

「第一個死的就是你。」蘇西一邊說著一邊拿槍在收藏家耳邊施加壓力。

他將槍管甩開，瞪著蘇西道：「別想嚇唬我，休特。我身上的防護遠遠超乎妳的想像。」

「不幸的是，他說的是實話。」我說。「所以先放輕鬆點，蘇西。收藏家，我必須提醒你，如今我們被天使軍團包圍，如果你堅持不肯交出墮落聖杯的話，它們絕對樂意在不傷你性命的情況下將你撕成碎片。它們到現在還沒動手完全是因爲梅林在場的緣故。你眞的認爲你的防護抵擋得了一群憤怒的天使嗎？」

他哼了一聲，不過顯然有點退縮。「它們根本不知道我的寶窟在哪裡。」

「在月球上。」蘇西微笑道。「寧靜海之下。」

收藏家氣得雙手亂揮，兩腳直跺。「我就知道不該相信剃刀艾迪……只可惜我沒得選擇，可惡的傢伙。沒關係，天使要搶就讓它們來搶。它們會發現我有辦法召喚更可怕的怪物！」

「你唬誰呀，小鬼。」梅林道。收藏家的自信在他冰冷刺耳的聲音下徹底瓦解。「在還能夠的時候趕快放棄黑暗聖餐杯吧。它已經開始腐化你的心智了。」

「它是我的！」收藏家道。「我才不會交給你呢！你只是想把它據爲己有！」

梅林哈哈大笑，可怕的笑聲把所有人都嚇一大跳。「我不想要，小鬼。眞正的聖杯我都曾經捧在手裡過，見識過那般美麗的事物之後，世界上再也沒有任何東西足以誘惑我了。」

「我絕不會放棄墮落聖杯！」收藏家面紅耳赤地叫道。「我不願意，誰都不能強迫我！即使是你，梅林．撒旦斯邦，也不能！只要你還想我幫你找回心臟，你就別想強迫我。所有人都失敗了，我是你最後的希望。」

蘇西看了我一眼，我嘆口氣道：「好吧，故事很長，我就長話短說。很久很久以前，一個名叫妮暮的女巫偷走了梅林的心臟，然後又在一場牌局裡把心臟輸給了別人。沒有了心臟，梅林的力量就大不如前。數個世紀以來，這顆心臟轉手的次數不下於墮落聖杯，如今已下落不明。」

「你不能幫他找嗎？利用你的天賦？」蘇西道。

「或許可以。這也就是梅林願意幫我們的理由，對不對，梅林大人？」

他微笑點頭，眼中的火焰閃耀不定。只不過，我並沒有告訴蘇西自己完全沒有打算要幫梅林找回心臟。任何有理性的人都知道不能讓梅林取回所有力量，即使如今處於死亡狀態的他依然比天使還要可怕。

「你根本留不住墮落聖杯。」我直截了當地說。「你沒有任何可與天使對抗的武器，而它們爲了奪得墮落聖杯，就算毀了你整個寶窟也不會皺一下眉頭。」

收藏家噘嘴道：「它們根本不在乎，是吧？一群有翅膀的賤人。好吧，我把東西交給你。反正那杯子醜得要命。梅林，送我回月球，麻煩了。」

「外加兩人同行，免得你不老實。」梅林說。

我看向蘇西道：「抓緊妳的靈氣。」接著一轉眼間，我跟蘇西還有收藏家已經出現在別的地方。

chaper 8 貓、機器人，以及最後一個殘酷的事實

每當有傳送術作用在我身上之時，我就會看到自己的一生在眼前快速飄過。就算不是完整的一生，起碼也會閃過編輯過後的精華重點。這其實也還滿合理的，畢竟我的一生精采程度可比電視影集。

蘇西跟我以及收藏家在一陣難聞的黑煙之中憑空出現。梅林是個古老學院派的老巫師，依然喜歡在魔法之中加入傳統的特效。蘇西一面咳嗽，一面揮開眼前的黑煙，一面罵著髒話。我則把全身摸過一遍，確定自己該在的東西都還在定位。別人的傳送術還是小心點比較好。沒多久，隱藏式抽風機將所有黑煙抽光，我們終於可以看清楚眼前處境。如今我們身處一間色彩鮮明的接待大廳，牆面之間掛滿了七彩絲綢，有如彩虹一般，簡直俗不可耐。地板、牆面跟天花板鋪的圖樣全部都是西洋棋盤造型。填充的軟料地板十分厚實，走在上面令我有暈船的感覺。空氣中瀰漫著松樹的味道。蘇西持槍在手，小心警慎地注意四周，不過似乎沒有任何明顯的危機。

收藏家撩起一片絲綢，露出其後的高科技控制面板以及一整排的水晶螢幕。他在控制台上按了幾個鈕，然後又說了一句聽起來很像「爸爸回家了」之類的指令。我看不到大廳裡有任何出口，這讓我有點擔心。蘇西猛捶自己胸口，咳了老半天終於咳完，最後對著地板吐了口口水。

「眞希望梅林改掉玩弄特效的壞習慣。」她罵道。「我眞受不了他的魔法黑煙。」

「男孩子的玩具情結。」我說。「我們必須忍受梅林的怪癖，不然的話他可能會把我們變成青蛙。收藏家，你在幹嘛？」

「關閉一些內部安全系統。」他頭也不抬地說。「裡面有各式各樣的保護措施，我可不希望它們同時對你開火，不然我的收藏品可糟了。我必須十分謹愼，因爲總是有人想偷我的寶貝。那些混蛋！」

「有些人就是不知死活。」我道。「居然想來偷你從別人那裡偷來的東西。」

收藏家不再說話，專心玩弄他的控制台。我在地板上跳了幾下，感受自己的重量。如果我們當眞身處月球的寧靜海之下，那收藏家必定在這裡花費了很多心力。重力、空氣以及氣溫通通跟在地球一模一樣，這也表示他在這裡安裝了許多高科技產品。蘇西四處走動了一會兒，槍管在懸掛空中的絲綢上亂戳，然後又用鞋跟在地板上踏了幾下，最後發出幾下不屑的聲音。

「我早說過你應該住在裝有填充地板的安全牢房裡，收藏家。」

「我認為人就應該過著舒適的生活。」他終於離開了控制台。「填充地板是為了防止人工重力突然失靈而設的。這裡大部分的科技都是從可能的未來裡弄來的，而我必須承認自己並不了解它們的運作原理。我知道什麼時候該按哪個按鈕，不過一旦出了問題，我就只能使用嘗試錯誤法來補救。基本上我都讓我的機器人管理一切，你們待會就會見到它們了。」

「這就是偷竊的壞處。」我說。「通常你都沒有足夠的時間連說明書一起帶走。」

「我不是偷竊！我是在收集跟保存！」

「那你著名的收藏品到底在哪裡？」蘇西問。「可別說我們大老遠地跑來只能看到這間好像妓女臥房一樣的接待廳。我們在趕時間，記得嗎？」

「這邊走。」收藏家繃著臉道。「跟我來。」

他低頭走過一條深紫色的絲綢，打開位於其後的隱藏門，示意我跟蘇西先走，不過我們才不理他。我們跟在他身後穿越隱藏門，進入了一間我這一輩子見過最大的倉庫。這間倉庫似乎永無止盡地向前延伸，另一端的牆壁位於肉眼能夠看見的距離之外。頭上沒有天花板，只有一整片微微的光芒。整座倉庫裡擺滿成千上萬的木箱，各種大小都有，箱身打上編號，一層一層地疊在一起，其下只有很窄的走道供人行走。我放眼望去，想大略估計這裡究竟有多少珍藏，可惜數據大到足以痲痺我的腦袋。整間倉庫沒有任何展示櫃，所有東西都不是用來欣賞，而是全部放在箱子裡收藏。

「就這樣？」蘇西皺起鼻頭問。

「沒錯，就這樣。別碰任何東西！」收藏家厲聲道。「我關閉了隱藏機槍，不過機器人的防衛程式依然在運作。我允許你們進來，但是沒說要讓你們亂碰。你們是爲了一項物品而來，我會把東西拿給你們。被梅林抓走的時候，我正好在把它裝箱。顯然我又需要升級安全系統了。」

「我一直以爲你的寶窟會布置得很豪華。」蘇西道。「難道你從來不把收藏品拿出來把玩？」

收藏家臉上肌肉抽搐，說道：「裝起來比較安全，反正我也不開放給人參觀。對我而言，只要擁有就很滿足了。好吧，東西剛得手的時候，我的確喜歡拿在手上把玩、研究，享受它帶來的樂趣與滿足……我還挺喜歡欣賞細節的……仔仔細細……」

「要是他流口水，我可能會吐。」蘇西說。我點頭表示同意。

收藏家瞪了我們一眼，繼續道：「但是，一旦快感消失，我就會立刻把東西裝箱放好。我真正享受的是追求東西的過程，超越同行的快感，以及知道我擁有他們沒有的東西的滿足。我還很喜歡在新聞群組中留言討論，讓所有人知道我不凡的成就……當然了，每樣物品在收到箱子裡之前都會掃描存檔，這樣我就可以隨時開啓影像模式欣賞我的珍藏。畢竟，有些極品非常脆弱，經不起長期把玩的。再說，用電腦查詢比在這堆木箱裡找出某件特定的物品要方便太多啦。」

此時第一個機器人在我們面前現身，我跟蘇西立刻對收藏家的廢話失去興趣。它自走道的另一端向我們走來，雙腳十分修長，隱隱散發金屬的光澤，整體外形美得像是一件藝術品。它不疾不徐地接近我們，舉手投足間都展現出不可思議的優雅氣息。這台機器人四肢是人類造型，只不過頭部卻以貓的五官作爲參考，具有金屬鬍鬚跟縱向的瞳孔。手指十分細長，指尖裝有利爪。越來越多機器人無聲地自各條走道出現，沒多久我們就被一整個貓臉機器人軍團包圍。我依稀可以聽到它們發出一種頻率很高的聲響，彷彿是在跟彼此交談一樣。收藏家滿臉憐惜地看著它們，而蘇西則是槍口四處移位，隨時準備開槍。

「輕鬆點，蘇西。」收藏家道。「它們沒有惡意，只是在熟悉你們的存在而已。陌生人會讓它們緊張，因爲我是這麼設定它們體內的程式的。我認爲好的守衛都需要有點偏執狂的傾向。這些機器人是我在另一個可能的未來裡用很好的價錢買來的，它們的聚合貓腦之中內建了功能基本的人工智慧。簡單、順從，有必要的時候又可以十分暴力。它們喜歡追逐入侵者……也不排斥抓到人之後的嚴刑拷打，非常適合擔任寶窟守衛。這整個地方都是它們建造的，當我不在的時候，它們就幫我管理，簡直比任何眞人守衛都好用。再說，這些日子以來，我並不喜歡跟人接觸。我寧願孤獨一人，與我的收藏作伴，我最珍貴的收藏品。」

「沒有不敬的意思，收藏家，」蘇西道。「但是你眞是一個怪人，即使用夜城的標準來看。」

「對一個沒有不敬的意思的人而言，妳的話算是很有禮貌了。」我說。

「沒事了嗎，主人？」一個貓臉機器人以一種令人毛骨悚然的女低音問道，這聲音讓我跟蘇西忍不住用全新的眼光看待收藏家。

「沒事了。」收藏家不可一世地說。「全部回去工作吧。客人不會久待，有需要我會再叫你們。」

「悉聽尊便，主人。」機器人說完，當場一哄而散，全部消失在倉庫眾多走道之中。蘇西一直等到它們全部走光了，這才回頭看向得意洋洋的收藏家。

「它們都得叫你主人？」

「當然。」

「這樣不會很詭異嗎？」

「不會呀，爲什麼？」

「別提這種事，蘇西。」我說。「我們沒那個時間。」

收藏家領著我們走入一條狹窄的走道。我跟蘇西根本分不出這些走道的不同，只能跟在他身後偷扮鬼臉。由於倉庫中有數百條走道交錯縱橫，一個不小心就會迷路，所以我們都緊貼著收藏家的背後走動，一刻不敢鬆懈。我目光四射，注意著路過的木箱以及上面的標籤跟編號。其中一個箱子上標明「一九三六年南極探險隊；諸神回歸

〔註一〕前請勿開啓。」該木箱外層結了一層薄冰，即使在溫暖的室溫之下也不融化。另外還有一個非常大的木箱上簡單標註了「一九四七年羅斯威爾〔註二〕」字樣，箱子表面鑽有氣孔，裡面有東西發出十分不爽的咆哮。更有一個單獨放置的箱子平白無故地浮在半空，我看不出其中放了什麼，只知道那裡面的東西味道很臭。蘇西對一個顫動得非常厲害的小盒子十分好奇。我禮貌性地拍了拍收藏家的肩膀，對那盒子比了比。

「那裡面裝的是什麼？」

「永恆動態機。」收藏家道。「找不出關掉那玩意兒的方法。」

「你眞的有很多神奇的東西。」我說。「你都跟誰分享？還有誰能夠欣賞這些稀世珍寶？」

「當然沒有別人。」他說的好像我是瘋子一樣。

「但是……收藏奇珍異寶的樂趣不是有一大半來自於在別人面前現寶時的滿足感嗎？」

「不是。」收藏家堅決表示。「所有樂趣都來自於擁有。東西是我的，一切都是我的。雖然有時候我也很喜歡捉弄同行，在他們面前證明我擁有他們得不到的好東西，讓他們妒忌到發瘋，然後嘲笑他們的無能。不過說到底，就算沒人知道我收藏了些什麼也無所謂，只要我知道就夠了。我才是最厲害的收藏者。」

「收藏的意義僅止於此？」蘇西說。「抱著最多寶貝死去的人就是贏家？」

收藏家聳肩。「我並不在乎這些東西在我死後何去何從。讓它們擺在這裡爛吧，管他的。我收藏東西只是因爲……我很擅長收藏東西。這是我唯一的專長。奇珍……異寶……這些東西絕不會來傷害我，也不會離開我。」

講這些話的時候，他似乎眞的有點像是一個人，一個脆弱的人。不過這種感覺並不適合他。

註一：諸神回歸（The elder Ones return），在美國小說家洛夫克萊夫特的《克魯蘇神話》中，人類誕生之前地球上已存在一個外星文明，後因不明原因被封存於南極，等待有朝一日再度復甦，那一日就是「諸神回歸」之日。

註二：羅斯威爾（Roswell），一九四七年七月四日，美國羅斯威爾發生不明物體墜毀事件，多年來一直被認為是飛碟意外墜毀的事故。

「你希望我們不要張揚在這裡看到的收藏品嗎？」

「當然不必。」他立刻恢復令人厭惡的神情說道。「告訴所有人，讓大家都爲了好奇與忌妒而瘋狂！我最大的問題就是沒辦法在不帶人參觀寶窟的情況下證明我擁有的珍藏。我不能帶人來，來的人一定會背叛我，一定會偷東西。有人可是願意花一輩子的時間計畫如何入侵我的寶窟……」

「你不是生下來就當收藏家的。」我說。「我見過你跟我父親年輕時的合照。成爲收藏家之前……你是做什麼的？」

他看著我，絲毫不掩藏臉上的訝異。「我以爲你知道。我跟你父親，還有渥克都是在當權者手下做事，是夜城的守護者。那個時候，我們三個是很要好的朋友。我們有好多計畫，好多抱負……可惜最後我們的計畫都不一樣，抱負也通通變了樣。我在被他們開除之前退休，決定自己出來闖一闖。總有一天，我會統治整個夜城，到時候我會讓他們全部聽我的話辦事。」

我沉迷在他的言語之中，竟然沒有發現機器人已經偷偷將我們包圍。蘇西發現了，這種事瞞不過她的眼睛。她發現我已經被收藏家催眠了，於是狠狠地頂向我的肋骨。我抬起頭來，發現周遭圍滿了貓臉機器人，全部都冷冷地站在一旁，雙眼發出詭異的光芒，起碼有數百台之譜。收藏家眼看我終於發現這個事實，當場指著我的臉哈哈大笑。他已經離開了我的掌握，而我顯然不能魯莽行事。這些機器人看起來都……不像是好惹的樣子。

「我必須不斷說話，一直說到過來的機器人夠多為止。」他十分自滿地道。「你不會眞的以爲你們可以見識我的珍藏以及寶窟裡的所有秘密，然後還能活著離開，是吧？你以爲我眞的怕了梅林跟天使嗎？誰也沒辦法在我的地盤上動我。保護這裡的法術跟科技遠遠超越你們的想像，梅林絕對沒有辦法再次趁我不備把我抓去。墮落聖杯是我最偉大的收藏，乃是珍寶之王，我絕對不會放棄它的！我永遠都不會把它交給你們！我會待在這裡，安安穩穩地待在月球上，一直待到一切都塵埃落定爲止。不過在那之前，我要先確保你們沒有辦法說出我的秘密。或許我會把你們的屍體做成標本，拿來裝飾我的接待廳似乎也不錯。」

「你忍心殺害老朋友的兒子？」我說。

「當然，」收藏家說。「爲什麼不！」

他對等待指令的機器人比了手勢，它們立刻一湧而上。蘇西火力全開，以最快的速度打爛無數機器人。機器人在子彈的衝擊下爆裂粉碎，金屬零件有如雨水一樣自天而降。蘇西不停地開槍，在不斷爆炸的機器人堆裡哈哈大笑。如果不是她發現了一種全新的彈藥，就是未來的機器人都不是以堅固耐用作爲訴求。

由於走道狹窄，機器人無法群起而攻，所以我們一時之間還應付得來。蘇西跟我背靠著木箱大打出手，收藏家則在一旁眼睜睜地看著收藏品一件一件在機器人的爆炸之中粉碎而氣得直跳腳。蘇西從皮帶上取出手榴彈，一把甩出十幾顆，每一顆都炸飛許多機器人，當眞是在下機器雨一樣。收藏家大聲制止蘇西，不過蘇西毫不理會。收藏家無法，只好開始翻箱倒櫃，試圖找出任何能用的武器，可惜徒勞無功。蘇西隨手裝填彈藥，回頭又是幾槍，簡直跟在遊樂場中打靶一樣。她此刻臉上洋溢著燦爛的笑容，神情之中充滿了熱情與快樂。

然而機器人有如潮水一般湧來，似乎永遠也打不完，顯然收藏家是大量訂購的。在其中一隻機器人差點把我抓傷之後，我決定我實在已經受夠了。這裡離夜城很遠，我不需要擔心天使會抓走我的靈魂。我開啓第三隻眼，我的心眼，運用天賦找出所有機器人體內的自動關機指令。我知道它們一定具有這道指令，因爲收藏家不會相信任何人，即使是他的僕人也不例外。爲了防止機器人反撲，他一定有辦法遙控關機。我在那些聰明的聚合貓腦之中找出這道指令，並以心靈力量將之啓動。所有機器人在那一剎那間停止動作，其中有幾隻已經殺到我們身前。蘇西緩緩放下冒煙的槍管，深深吸了一口氣，然後轉身面對我。

「你隨時都可以關掉它們，對不對？」

「說眞的，沒錯。」

「那幹嘛等那麼久才動手？」

「我看妳似乎樂在其中。」

蘇西想了一想，笑著點點頭。「沒錯，我很爽。謝了，泰勒。你最懂得取悅女人了。」

「只要講點八卦、謠言，再撒點謊就好了。」我說。「收藏家……收藏家？你去哪啦？」

我們在不遠處發現了他悲痛無力地趴在一個打開的木箱之旁。不管木箱中原先裝的是什麼，如今都只剩下一堆塑膠碎片。收藏家一手推開碎片，抬頭看向我們，心情沉重地對我吐了一口口水。

「看看你們做了什麼……這麼多珍貴的寶物都毀了……我得花好幾個禮拜才能查出損失了些什麼。惡霸，你們兩個都是欺負弱小的惡霸。你們絲毫不尊重藝術，對古老的文物沒有半點敬意……我有很多武器！絕對足以阻止你們的武器！我有『耶利哥之角』〔註一〕、『葛蘭德之滅』〔註二〕，甚至還有傳說已經消失很久的『但恩之劍』〔註三〕。我只是找不到它們罷了！」

「把墮落聖杯交出來。」我語氣不善地說。「越早交出來我們就越早離開。」

收藏家點了幾下頭，擦了擦眼淚，然後在手邊的裝箱雜物中翻了起來。

「被梅林抓走的時候，我正在把墮落聖杯裝箱。它是我所有收藏品之最，只不過……黑暗聖餐杯實在令人渾身不自在。它會讓周遭的空氣變得很冷、附近的陰影透露邪氣，甚至在我腦中注入聲音，低語著……很多可怕的言語。啊，找到了。」

他拿出一只小小的銅製酒杯，在昏暗的燈光下反映著妖異的光芒。杯子表面有很多凹痕，髒兮兮的毫不起眼。我們全都盯著它看了好一會兒，接著收藏家將它推到我眼前。我猶豫了一下，沒有立刻伸手去接。

「就這玩意？」蘇西說。「這就是黑暗聖餐杯，墮落聖杯？猶大在最後晚餐中使用的杯子？就是這個可憐的破銅爛鐵？」

「妳以爲會是怎樣？」收藏家微笑著說，把握機會展示專業知識。「難道是鑲鑽的銀杯嗎？那只是中古世紀的浪漫思想帶給你們的假象罷了。十二使徒不過是一群貧窮的漁夫，他們用的杯子自然是這種破銅爛鐵。」

「這是眞品。」我說。「我可以感覺出來。它就像是所有邪惡思想凝聚一堂所形成的一場永無止盡的噩夢。」

「沒錯。」蘇西說。「它四周的空氣似乎都有毒一樣。」

註一：耶利哥之角（Horn of Jericho），舊約聖經中，耶和華指示約書亞吹響號角，使耶利哥城城牆倒塌。

註二：葛蘭德之滅（Grendel's Bane），《貝奧武夫（Beowulf）》中用以消滅大怪物的武器。

註三：但恩之劍（Sword of the Daun），教宗賜給奧地利將軍但恩的聖劍。

收藏家狡詐地看著我道：「你可以把它據爲己有，泰勒。你可以的。這個不起眼的杯子比你想像中還要強大。它可以爲你帶來財富、名譽以及聲望；它可以滿足你所有污穢的慾望；它可以回答你任何問題。你過去的眞相，敵人的身分……甚至是關於你母親的一切。」

我凝望著墮落聖杯，感覺就像是看著誘惑的實體一般。蘇西靜靜地看著我，沒有說任何話。她相信我一定會做出正確決定。或許，最後給我力量拒絕誘惑的就是這份信任。

「拿個袋子來裝，收藏家。碰它會弄髒我的手。」

收藏家拿了一個旅行背袋，將墮落聖杯放在裡面。放好之後，他臉上似乎流露出一種解脫的表情。我接過袋子，側揹在肩膀上。

「梅林！」我抬高音量說。「我知道你在聽。東西到手了，帶我們回去。」

梅林的魔力在我跟蘇西身旁凝聚，準備將我們傳送回陌生人酒館跟眾天使面前。到了最後一刻，收藏家確定傳送法術已經啓動，無法停止的時候，他向前跨出一步，張口大叫。

「你不是唯一會找東西的人，泰勒！當年我為了募集資金，也曾經接案子幫人找東西。我幫你母親找到了你父親！我介紹他們認識彼此。你能有今天都是因為我的緣故！」

我勃然大怒，當場對著他的喉嚨抓去，可惜我跟蘇西的身體已經開始消失。我在月球上聽到最後的聲音就是收藏家的笑聲，很大聲、很苦悶，彷彿他的心都碎了樣。

chaper 9 原罪的寬恕

我們再度傳送回到陌生人酒館。這一回蘇西做好準備，摀住耳鼻，不過卻發現沒有任何黑煙。她滿臉疑惑地看著周遭，發現如今梅林已經離開他的鐵王座，神色輕鬆地靠著木製吧台而立，手中拿著一瓶上好威士忌。他不太愉快地笑了笑，喝下一大口酒。我目光飄向梅林胸前少了顆心臟的大洞，期待看到酒從洞裡漏出來。「歡迎回來，遠方的旅人們。」梅林道。「我遵照你們的意願，這一次沒有在法術裡加入煙霧效果。典型的年輕人，一點都不懂得尊重傳統。我看就算拿顆蠑螈眼放到妳手上，妳也不會知道該怎麼辦吧。」

我踏出一步，他停止說話。「送我們回去！」我說，雙手緊緊握拳，氣得幾乎說不出話來。「送我們回去，立刻。不然就再把收藏家抓回來，我要打到他吐出眞話爲止！」

「放輕鬆，硬漢。」蘇西來到我身旁說，聲音異常輕柔。「我才應該是火爆脾氣的人，記得嗎？」

「現在不一樣了。」我說，雙眼緊盯梅林。「我要收藏家立刻出現在我面前。他知道一些秘密，關於我父母的秘密。除非他全盤托出，不然我就把他的骨頭一根一根打斷，再一根一根逼他吞下去。」

「哇！」蘇西道。「眞是狠角色，泰勒。」

「很抱歉。」梅林依然靠著吧台，對我的憤怒不爲所動。「收藏家已經帶著所有寶物消失在月球表面了。我找不到他，雖然這聽起來不可思議，不過現代科技實在不容小覷。我當然一定可以找到他，只是需要點時間。對一個凡人來說，他還眞是非常會躲。」

我氣到喘不過氣來，只想找個目標發洩，即使是梅林我也想扁。蘇西站得跟我十分接近，盡其所能地安慰我，就差沒有眞的碰到我的身體，慢慢地平息我的怒氣。能夠把我逼到失去理智的只有親情，而能夠將我從失控邊緣帶回來的始終都是友情。

「任他去吧，約翰。」蘇西冷靜說。「日後會有機會的。他不可能永遠躲著不出來。我們一定可以找到他的。」

「我該離開了。」梅林說。「黑暗聖餐杯就在你肩上的袋子裡，我可以感受到它可怕的存在。我不能離它如此接近，太多不好的回憶……太多難忍的誘惑。我或許死了，但並不表示我是笨蛋。」

「謝謝你的幫助。」我強迫自己以正常語氣說道。「我們會再見面的，我肯定。」

「喔，沒錯。」梅林道。「我們還有事情沒有解決，你母親跟我。」

他在我來得及再問任何問題之前就已經消失，回到酒窖角落的古老墳墓之中。這些自大的混蛋們總是喜歡在臨走之前撂下最後的言語。現實的空間扭曲震動，艾力克斯．墨萊西的身軀浮現，坐倒在五星結界之中。他大聲呻吟，緩緩地搖著腦袋。接著他發現手中握了一瓶威士忌，當場呑了一大口。他喝得太快，差點噎著，不過還是繼續喝著，一點都不在乎。

「我早該知道他會挑上等貨來喝。」他怒道。「可惡，我最討厭被他附身了。接下來好幾天我的腦袋裡都會被破爛的拉丁文跟德魯伊符咒佔據。」他突然抖了一下，似乎要正常講句話都很難。他對我一瞪，眼中充滿被背叛的神情。「你這渾球，泰勒。你怎麼能這樣對我？我以爲我們是朋友。」

「我們是朋友。」我說。「我知道當我的朋友有時候並不容易。我很抱歉。」

「你永遠都在抱歉，約翰。但抱歉歸抱歉，你還是不停地在搗亂別人的生活。」

我沒有反駁他，因爲我沒有立場反駁，他的話一點都沒錯。他掙扎著想要站起，我伸手去扶他，不過卻被他甩到一邊。露西跟貝蒂・柯爾特倫很快來到他的身旁，一邊一個扶著他的手臂，直到他的雙腳能夠自行站立爲止。他看著我肩膀上的背包，一邊顫抖一邊用手中的酒瓶指著它。

「就是那玩意？你冒著讓我失去理性跟靈魂的危險就是爲了那玩意？拿出來讓我看看。我總有這點權利吧！我要看看它。」

「不，你不想看。」我說。「它既骯髒又污穢，看久了你的眼睛會爛掉。它既黑暗又邪惡，能夠腐化所有與之接觸的人心，就像它最初的主人一樣。」

艾力克斯冷笑道：「你從來不曾把我嚇倒過，泰勒。讓我看。我要知道我受這種折磨究竟是爲了什麼！」

我打開背包，取出銅杯，小心翼翼地捧著杯緣。觸手處傳來一陣灼熱感，手上皮膚起了一堆雞皮疙瘩，感覺就像酒吧中突然多了一個人，一個非常古老卻又非常熟悉的人。我有一種想要放手的衝動，同時又有一種想要將之永遠佔有的欲望。艾力克斯湊上前來仔細觀看，不過沒有出手去摸。這樣好，反正我也不會讓他摸。

「就這麼不起眼？」艾力克斯說。「再便宜的酒我都不會倒到這個杯子裡去。」

「你也沒有機會倒酒。」我說完裝作若無其事地把杯子放回背包，不過裝好後額頭上已經冒滿冷汗。「這恐怖的小東西將會直接交到梵蒂崗手中，希望他們會把它鎖在最安全的地方，直到世界末日爲止。」

「如果眞那麼簡單就好了。」渥克說。

我們立刻轉頭，看到這位當權者在夜城之中的代表從旋轉梯上緩緩走下。他就像是個出門吃午餐的紳士，冷靜中帶有世故，腳步聲中傳達出不可一世的氣息。他看了一眼窗邊不自然的黑影，臉上表情絲毫不爲所動，彷彿那是他每天都可以看到的景象一樣。不過說不定他眞的每天都看得到也未可知。畢竟，他是渥克。艾力克斯一看到他，眉頭就皺了起來。

「好哇。你來幹什麼，渥克？你是怎麼進來的？」

「我來是因爲天使要我來。」渥克輕鬆地道，穿越酒館對我們走來，一直到五星結界之外才停下腳步。他看了一眼灑在結界外緣的鹽巴，然後又看向別處，彷彿對這小小的法術不屑一顧。渥克十分擅長以簡單的表情表達複雜的心思。他頂了頂頭上的帽子，禮貌性地微笑說道：「天使已經跟當權者達成協議，我則被派來執行這項協議。這間酒館的防禦系統可以擋住一般烏合之眾，但是在我面前就跟沒有一樣。當權者在我身上加持了力量，讓我能夠前往任何地方執行他們的命令。而現在，他們的命令是要取得墮落聖杯。他們要將聖杯交給天使，藉以交換某些……未來的好處。當然，也可以順便結束夜城之中的衝突。」

「哪一邊的天使？」我問。

渥克聳肩笑道：「我相信還沒有決定，要看它們哪一方面開的條件比較優渥了。據我所知，哪一邊都有可能，不過不管交給誰都不關你的事，不是嗎？把墮落聖杯交給我，然後我們都可以回去過我們原來的生活。」

「你明明知道那是不可能的。」我說。「黑暗聖餐杯不能交給天使，也不能交給當權者。他們雙方都不是會把人類全體福祉當作一回事的勢力。你認為你有辦法從我手中奪走聖杯嗎，渥克？這一次可沒有幫手跟你一起來。想要跟我單挑嗎？」

渥克若有所思地看著我。「也許。我並不想殺你，約翰，不過我必須遵守命令。」

蘇西突然把我推開，走到結界邊緣瞪著渥克道：「你放你的走狗咬我。叫貝兒來對付我。我差點就死在她手上。」

「有時候，就算是我也不能違抗命令。」渥克說。「不管我事後會有多後悔。」

「不管多後悔你還是照做，對不對？」

「沒錯，」渥克道。「我職責所在，不能讓私人交情左右工作。」

「我現在就該一槍把你殺了。」蘇西的聲音冷得有如冰塊，好似死亡。

渥克絲毫不懼：「敢開槍妳就死定了，蘇西。我說過，我全身加持的保護遠遠超過妳的想像。」

我往他們兩個中間一站。「渥克，」我的聲音立刻吸引了他的注意。「有些事我要跟你談談，一些你老早就該告訴我的事。收藏家說了一些非常有趣的往事，他說你們跟我父親曾經是非常親密的朋友。」

「啊，沒錯。」渥克說。「收藏家。可憐的馬克。他擁有這麼多寶物，但卻依然找不到快樂。我已經好多年沒有跟他連絡了。他好嗎？」

「差不多已經完全瘋了。」我說。「不過他的記憶依然非常清晰。他還記得找到我母親，並且將她介紹給我父親的往事。如果你們三個跟他說的一樣要好，那你就應該十分清楚這件事。究竟是誰僱用他去找我母親的，爲了什麼？你在這件事中又扮演了什麼角色？爲什麼你從來都不提這些，渥克？還有多少關於我父母的事情你沒有跟我說的？」

說到後來，我已經是對著他的臉大叫，口水噴得他滿臉都是，但是他一步也沒有退讓，從頭到尾連眼睛都沒眨一下。「所有的事情我都知道。」他終於開口道。「因爲工作上需要。你需要知道的，我就會告訴你。只是有些事情我不能透露，即使是對老朋友也不能說。」

「不要只把我們當作老朋友。」蘇西道。「把我們當作是手裡拿了霰彈槍的老朋友。把他想知道的事情都說出來，渥克，不然我們就來看看你加持的保護究竟有多厲害。」

他揚起一邊眉毛：「後果絕對對妳不利。」

「去他媽的後果。」蘇西狠狠地笑道。「你什麼時候看我在乎過後果了！」

或許他在她眼中看到了什麼；或許是在她聲音中聽出了什麼；或許他心知蘇西·

休特的霰彈槍不是普通的霰彈槍。總之他露出一種抱歉式的笑容，然後開始耍起他最古老的把戲。當權者賜給了他一個沒有人可以抗拒的聲音，不管是活人、死人還是所有介於中間半死不活的傢伙都無法抵擋。當他以這個聲音說話時，就連怪物跟神祇都必須在他嘴下臣服。

「把槍放下，蘇西，然後退後。其他人通通不許動。」

蘇西立刻把槍放在地上，並自結界邊緣退開，其他人全部動也不動地看她動作。渥克對我望來。

「約翰，把背袋給我。立刻。」

然而就在此時，袋子裡的聖杯變得滾燙，自我的憤怒中吸取力量，激發起我的怒火在體內燃燒。我可以感受到渥克聲音中的力量，不過那股力量卻無法控制我的心智。我站在原地對著渥克微笑，他臉上的自信終於開始消散。

「去死吧，渥克。」我說。「或者待在原地等我開扁。我心情超差，很需要在你這種人身上發洩一下。你尖叫的時候還能發揮聲音的力量嗎，渥克？」

我跨出結界，越過鹽線，沒有任何力量能夠阻擋我。我在微笑，不過感覺起來卻不像是我自己在笑。我準備要幹下可怕的事情，而且將會樂在其中。渥克向後退開。

「別這樣，約翰。攻擊我就等於攻擊當權者。他們不會坐視不管的。你不會想被他們追殺，你並不想與他們爲敵。」

「管你的。」我說。「管他們的。」

「說話的不是你，約翰。是墮落聖杯，是聖杯的力量讓你跟我對抗。聽我說，約翰。你根本不知道這些年來我爲了保護你花費了多少心力，擅用了多少職權。」

儘管有點不情願，不過我還是停下了腳步。「你保護我，渥克？」

「當然。」他說。「難道你以爲這麼多年來都是靠自己的力量存活下來的嗎？」

「喔，你要我相信這種鬼話，是不是？我才懶得理你。你是當權者的人，渥克，身心皆爲他們擁有。此刻你怕了，因爲他們賜給你的聲音對我無效。或許是因爲墮落聖杯，也可能是承襲自我母親或父親血脈的力量。告訴我，你現在願意說說我父母的事了嗎？」

「不。」渥克說。「現在不願意，永遠都不願意。」

我嘆了口氣，將背包從肩膀上取下，隨手丟在地上。我聽到一陣憤怒的叫聲，不過或許那叫聲只存在於我的腦中。我伸腳踢了踢背袋，冷笑了幾聲。我是自己的主人，現在是，以後也會是。我看向渥克道：「爲什麼好像除了我之外所有人都知道我父母的事？」

「事實上，沒有人眞的了解眞相。」渥克說。「全部都是我們的猜測。」

「我不會把墮落聖杯交給你。」我說。「我不相信你。」

「不相信我，還是不相信當權者？」

「有差別嗎？」

「這話很傷人，泰勒。你沒必要講這種話。」

「你傷了蘇西。」

「我知道。」

「離開吧。」我說。「你今天傷的人已經夠多了。」

他看著我，然後轉向蘇西跟其他站在五星結界裡的人，點了點頭，讓所有人恢復行動能力。接著他又對我點頭，然後轉身向旋轉梯走去。蘇西一獲行動自由立刻蹲下去撿槍，不過撿好之後渥克早已離開了酒館。她對我皺起眉頭，失望地噘起嘴角。

「你讓他走？他幹了這麼多壞事，還差點把我殺了，你居然放他走？」

「我不能讓妳殺他，蘇西。」我說。「我們不能把格調降低到那種地步。」

「做得好。」名叫猶德的男人說道。「我真的非常佩服你，泰勒先生。」

我們隨著聲音轉頭，發現我的客戶，來自梵蒂崗的便衣牧師正耐心地站在吧台旁邊，等著我們注意到他。矮胖結實，膚色黝黑，身穿長外套，黑髮黑鬍鬚，眼神十分和藹。艾力克斯雙眼圓睜地瞪著他。

「真是任何人都可以來去自如……好了，你又是怎麼進來的？怎麼穿過兩派天使以及尖端科技的防禦系統？我開始懷疑我是不是浪費了很多錢在這些廢物上面。」

「沒人可以阻止我前往任何我需要去的地方。」猶德冷靜地說。「這是在決定所有重要事物的地方所賦予我的權力，也就是所謂的神聖法庭。」

「你並不只是個普通的梵蒂崗使者，是不是？」我問。

「沒錯，雖然梵蒂崗並不知情。我感謝您幫我帶來墮落聖杯，泰勒先生。你把事情辦得非常妥當。」

「嘿，我也有幫忙。」蘇西說。

猶德對她微笑：「那就也非常感謝妳，蘇西．休特。」

「聽著。」我語氣嚴厲地說。「跟你談話眞的十分愉快，不過你究竟是什麼人？你打算怎麼帶著墮落聖杯闖出包圍這裡的天使軍團？它們爲了奪取墮落聖杯，已經把大半個夜城都給毀了。你有什麼辦法能夠不讓聖杯落入它們手中？」

「只要讓墮落聖杯變成毫無價值的東西就行了。」猶德說。「可以把杯子給我嗎？」

我遲疑了，不過也沒遲疑多久。不管怎麼樣，他都是我的客戶。我從來不曾背叛過任何客戶，更何況還是一個付了很多錢的客戶。我把背包交給他。他將銅杯取了出來，把背袋往地上一丟，仔細研究起他的寶貝。我很難從他的表情中看出他的想法，不過我猜如今存在於他心中的是一種疲憊至極的快樂。

「它比我印象中要小多了。不過話說回來，我已經很久沒有把它握在手中。」他輕聲說道。「將近兩千年了。」他抬頭對我們微笑。「很久很久以前，我的名字是猶大．伊斯加略。」

所有人聽了這句話都當場倒抽一口涼氣。艾力克斯跟露西、貝蒂立刻退到結界另一邊，蘇西則舉起槍口對準我們的客戶。我站在原地沒動，不過全身的骨頭之中似乎都滲透出一股無比寒意。猶德，猶大。我早該從他的名字裡看出端倪的……只是誰會想到一天之內竟會遇上兩個聖經神話中的產物？這種事即使在夜城也很少發生。

「泰勒，」蘇西緊張地說。「我們似乎選錯邊了。」

「別緊張。」猶德說。「事情不像表面看來那麼糟。沒錯，我就是把耶穌出賣給羅馬人，然後羞愧自殺的那個猶大．伊斯加略。但是耶穌已經原諒我了。」

「祂原諒你？」我說。

「當然，神願意寬恕世人。」猶德對著手中的杯子微笑，遙想著從前往事。「祂是我的朋友，也是我的老師。祂找到我上吊的地方，將我從死亡的國度帶回，告訴我祂已經原諒我了。我在祂的腳邊下跪，說道：『你必須離開。我將會留在此地，一直到你回來。』於是我從那之後便在世間遊走，為了曾經犯下的過錯贖罪。祂並沒有要求我這麼做，而是我自己必須這麼做。因為我始終沒有辦法原諒我自己。」

「永世流浪的猶太人。〔註〕」我輕聲道。

「我在梵蒂岡待了好多年。」猶德說。「不斷地改名換姓，默默地待在幕後，盡我所能地督導教會。如今，在這麼多年之後，我終於有機會洗清我最後的原罪。酒保，來點紅酒，麻煩了。」

酒館外面，黑暗的聲音高聲抗議，光明的聲音則齊起應和，接著兩派天使軍團又打了起來，繼續它們從古至今就不曾停歇過的衝突。整間酒館劇震，有如地震來襲一般。牆壁從中裂開，黑暗群起入侵，不過自天花板上傳來的閃光卻阻擋了它們的去路。天使的聲音自四面八方而來，高唱著戰歌，踐踏著世界。猶德全然無視它們的存在，只是耐心地拿著他的老杯子站在吧台前。艾力克斯對我看來。

「他是你的客戶，應該你去幫他倒酒。我絕對不會離開結界的。」

「這是你的酒館。」我說。「你才該幫他服務。我想天使不會來找你麻煩啦，它們聽起來忙得不可開支。」

艾力克斯躡手躡腳地跨出鹽線，等了一會兒發現沒事，立刻對著吧台衝去。他從

註：永世流浪的猶太人，傳說猶太人因嘲笑受難的耶穌，被罰要在世上流浪、沒有歸宿，直到耶穌再次降臨。

酒櫃中拿出一瓶紅酒，拔開軟木塞，然後微微顫抖地將酒瓶遞到猶德面前。猶德點點頭，伸出酒杯。艾力克斯在杯裡倒滿了酒。接著猶德在酒杯上方畫了個十字。

「而這……乃是祂的血液，爲世人而流，爲寬恕而生。」〔註〕

他將酒杯舉到嘴邊，開始喝著杯中的紅酒。那一瞬間，天使之間的衝突剎然而止，一切回歸寧靜。黑暗自窗口撤退，光明自樓頂消失。某處傳來一曲聖歌，歌聲中傳達出盡善盡美的意境。猶德喝乾了酒，放低了杯，長嘆了一口滿足的氣息。聖歌在此時唱到高潮，然後漸漸淡出，終於細不可聞。天上傳來翅膀拍擊聲響，逐漸遠去，在無法想像的距離之外完全消失。

「天使離開了……」蘇西終於放下霰彈槍道。

「這裡已經沒有它們的事了。」猶德說。「墮落聖杯現在只是一個普通的杯子了。它在耶穌的聖名之下淨化。跟我一樣，再度接受神的祝福。」

「那麼，」我問。「接下來呢？」

猶德撿起背袋，將杯子裝到裡面。「我會把杯子帶回梵蒂崗，鎖進某個櫃子裡，讓它平凡地爲所有人遺忘。如今它只是一個古老的杯子，一點都不重要，一點都不特別，對任何人來說都沒有絲毫用處。」

他對我們微笑，似乎在爲我們祈福。

「酒錢就不用了。」艾力克斯說。「我們酒館請客。」

蘇西哼了一聲：「還有人說奇蹟的年代已經過去了呢。」

「感謝各位對世人的貢獻。」猶德說著對我微微鞠躬。「也感謝各位給我這個撥亂反正的機會。謝謝你們，我該走了。」

「不是我喜歡破壞氣氛，」我說。「但是……」

「梵蒂崗會把尾款付清的，泰勒先生。外加一筆額外的獎金。」

「很高興跟你們做生意。」我說。「雖然夜城因此成爲廢墟。」

他微笑：「我想你會發現光明天使已經把他們所造成的破壞修補完畢了。儘管它們不太擅長思考，但畢竟還是屬於好人的一方。」

註：基督教的聖餐禮中，信徒藉著飲紅酒，領受基督的聖血，所以此處猷德以斟飲紅酒的方式來淨化墮落聖杯。

「傷亡的人呢？」蘇西問。

「它們會治好所有受傷的人，不過死去的人們可不能復生。世界上只有一個人有能力復活死者。」

蘇西將槍收回槍套，跨出結界走向猶德。她在猶德面前停下腳步，直視他的雙眼問道：

「你會原諒自己嗎？」

「也許……等祂回到這個世上，等我有機會再度面對面跟祂道歉的時候。」

蘇西緩緩點頭：「有時，你必須要原諒自己才能眞正走出從前的陰霾。」

「是的。」猶德說。「而有時，一切從一開始就根本不是妳的錯。」

他靠向前，溫柔地吻了她一下。吻在額頭上，不是在臉頰上。蘇西並沒有抗拒。

「嘿，猶德。」我說。「你能告訴我關於我母親的眞相嗎？」

他看著我。「恐怕不能。要對自己有信心，泰勒先生。信心是我們最後的希望。」

他轉身離開，踏上旋轉梯，進入夜色之中。在他消失的前一刻，艾力克斯叫道：

「猶德，耶穌究竟是個怎麼樣的人？」

猶德停下腳步，想了一想，然後回頭道：「比你想像中來得高。」

「祝你旅途愉快。」我說。「不過拜託，請不要再回來了。即使以夜城的標準來看，你們這些人也實在太過可怕啦。」

——本書完

GAEA

夜城系列・下集預告

【夜鶯的嘆息】

我名叫約翰・泰勒，是一名在夜城工作的私家偵探。夜城是倫敦不為人知的心臟，這裡的時間永遠停留在凌晨三點，各種怪物跟古老神祇並肩而行，乃是人心最深邃的黑暗境地。

我天生就有一種尋找東西的天賦。不管是人還是事物，所有一切在我的心眼之前通通無所遁形。然而這一次我要追查的東西卻跟以前有所不同。

夜城有一名名叫夜鶯的女歌手突然與親友斷絕關係，而我則是受僱來找出事因。同時，我也很好奇為什麼她的歌迷都願意為她的歌聲而死，甚至真的有人聽完她的表演就自殺身亡。

為了查出真相，我必須去聽聽這個號稱夜城中最美妙卻又最致命的歌聲——並且在聽完之後想辦法存活下來才行。

2007年3月預定出版

書名	作者	定價
悅讀館系列		
獵命師傳奇（卷一～卷十二）	九把刀	每冊180
臥底（獵命師傳奇外傳）	九把刀	280
魔力棒球	九把刀	180
哈棒傳奇	九把刀	250
都市妖：給妖怪們的安全手冊	可蕊	199
都市妖：過去我是貓	可蕊	199
都市妖：是誰在唱歌	可蕊	180
都市妖：死者的舞蹈	可蕊	199
都市妖：木魚和尚	可蕊	199
都市妖：假如生活騙了你	可蕊	180
都市妖：可曾記得愛	可蕊	199
都市妖：胡不歸	可蕊	199
都市妖：妖獸都市	可蕊	199
都市妖：妖怪幫幫忙	可蕊	199
都市妖：形與影	可蕊	199
都市妖：小小的全家福	可蕊	199
都市妖：圈套	可蕊	199
都市妖：青丘之國（外傳）	可蕊	220
都市妖奇談（卷一）（新版）	可蕊	250
都市妖奇談（卷二）（新版）	可蕊	250
都市妖奇談（卷三）（新版）（完）	可蕊	250
捉鬼實習生（卷一）	可蕊	180
捉鬼實習生（卷二）	可蕊	199
捉鬼實習生（卷三）	可蕊	250
捉鬼實習生（卷四）	可蕊	199
捉鬼實習生（卷五）	可蕊	180
活埋庵夜譚	燕壘生	220
道可道：伏魔	燕壘生	139
道可道：辟邪	燕壘生	139
道可道：斬鬼	燕壘生	180
道可道：搜神	燕壘生	180
不幫忙就搗蛋	星子	220
七個邪惡預兆	星子	200
陰間	星子	220
百兵（卷一～卷三）	星子	每冊180
百兵（卷四～卷八）（完）	星子	每冊199
太古的盟約（卷一～卷四）	冬天	每冊240
太古的盟約（卷五～卷七）	冬天	每冊199
彌賽亞：幻影蜃樓（上下）	何弼&櫻木川	每冊180
公元6000年異世界	Div	220
天外三國（1-3全）	Div	每冊180
吸血鬼獵人日誌：惡魔斬殺陣	喬靖夫	199
吸血鬼獵人日誌：冥獸酷殺行	喬靖夫	199
吸血鬼獵人日誌：殺人鬼繪卷	喬靖夫	199
吸血鬼獵人日誌：華麗妖殺團	喬靖夫	250
吸血鬼獵人日誌：地獄鎮魂歌	喬靖夫	129
殺禪（全八卷）	喬靖夫	每冊180
仇鬼豪戰錄（新版·上下二冊不分售）	九鬼	特價499
都市恐怖病系列		
恐懼炸彈（新版）	九把刀	260
冰箱	九把刀	180
異夢	九把刀	240
功夫	九把刀	280
狼嚎	九把刀	270
住在黑暗系列		
樓下的房客	九把刀	240
Into系列		
戀光明（1-4） 全套出齊	戚建邦	每冊240
殛天之翼（1）鋼之翼·空之心	陳約瑟	240
海穹金鱗	李伍薰	240
海穹浪客	李伍薰	240
海穹蒼生	李伍薰	240
海穹雷雲	李伍薰	240
若星漢（全三冊）	今何在	每冊250
無元世紀系列		
移獵蠻荒（1-25） 全套出齊	莫仁	每冊160
羅德斯島戰記系列		
羅德斯島戰記(一)灰色的魔女	水野良	269
羅德斯島戰記(二)炎之魔神	水野良	299
羅德斯島戰記(三)火山龍的魔龍（上）	水野良	210
羅德斯島戰記(四)火山龍的魔龍（下）	水野良	250
羅德斯島戰記(五)王者聖戰	水野良	330
羅德斯島戰記(六)羅德斯之聖騎士（上）	水野良	260
羅德斯島戰記(七)羅德斯之聖騎士（下）	水野良	320
羅德斯島戰記(外傳)妖精之森	水野良	280
羅德斯島戰記(外傳)黑衣騎士	水野良	200
羅德斯島傳說系列		
羅德斯島傳說(一)亡國的王子	水野良	240
羅德斯島傳說(二)天空的騎士	水野良	240
羅德斯島傳說(三)榮光的勇者	水野良	240
羅德斯島傳說(四)傳說的英雄	水野良	240
羅德斯島傳說(五)至高神的聖女（完）	水野良	240
羅德斯島傳說(外傳)永遠的歸還者	水野良	200
符文之子2系列		
德莫尼克1：不是所有的孩子都是天使	全民熙	280
德莫尼克2：微笑的假面	全民熙	280
德莫尼克3：失落的一角	全民熙	280
德莫尼克4：劇院裡的人們	全民熙	280
德莫尼克5：海螺島的公爵	全民熙	280
德莫尼克6：紅霞島的祕密	全民熙	280
德莫尼克7：躲避者，尋找者	全民熙	299
德莫尼克8：與影隨行	全民熙	即將出版
符文之子1系列		
符文之子1：冬日之劍	全民熙	299
符文之子2：衝出陷阱，捲入風暴	全民熙	299
符文之子3：存活者之島	全民熙	299
符文之子4：不消失的血	全民熙	299
符文之子5：兩把劍，四個名	全民熙	299
符文之子6：封地之印的呼喚	全民熙	299
符文之子7：選擇黎明（完）	全民熙	320
夜城系列		
永夜之城	賽門葛林	250
天使戰爭	賽門葛林	250
夜鶯的嘆息	賽門葛林	250
魔女回歸	賽門葛林	280
錯過的旅途	賽門葛林	299
毒蛇的利齒	賽門葛林	即將出版
知識樹系列		
魔道御書房	洪凌	220
有關女巫	凱特琳&艾米	220

預定出版計畫告示牌

九把刀作品

繼《房客》後再開恐怖新章——《祟》

都市恐怖病系列——《影子》

星子作品

全新長篇力作——日落後系列《無名指》

WWW.GAEABOOKS.COM.TW

蓋亞文化．長期徵稿

有時回憶　有時想像
有時閱讀　有時創作

──誠徵各類創作稿──
小說散文不拘
幻想寫實皆可

●請以E-MAIL投稿，寄至：editor@gaeabooks.com.tw
●請附上眞實姓名，地址，通訊電話或電子信箱。
●20萬字以上之長篇小說請創作完成，或至少完成二分之一，並附上寫作大綱。
●有作品發表經驗者，請附上相關簡歷及資料。
●收稿後我們會先以E-MAIL通知稿件收達。因稿件繁多，審閱時間約爲一個月，若經採用，編輯會主動以電話或E-MAIL聯絡，溝通作品內容及出版細節。

購書資訊

蓋亞文化有限公司
網址（蓋亞讀樂網）：www.gaeabooks.com.tw
地址：台北市100臨沂街19巷17號1樓
服務電話：02-23959801（週一至週五10：30～18：30）
24小時傳眞：02-23959802
郵政劃撥帳號：19769541　戶名：蓋亞文化有限公司
■劃撥後，煩將劃撥憑證傳眞至02-23959802，並註明訂購姓名及書籍名稱、數量、送貨地址、連絡方式。凡單次購書金額達500元以上，免付郵資；未滿500元，加收60元郵費；收件地址非台澎金馬者，郵資另計。

國家圖書館出版品預行編目資料

天使戰爭／賽門 R. 葛林（Simon R. Green）著；
戚建邦譯. ——初版. ——台北市：蓋亞文化，
2006【民95-】
面；公分. --（夜城系列；第2卷）
譯自：Agents of Light and Darkness
ISBN 978-986-7450-84-5（平裝）

874.57 95021877

夜城系列 2

天使戰爭 *Agents of Light and Darkness*

作者／賽門・葛林（Simon R. Green）
譯者／戚建邦
封面插畫／Blaze
封面設計／克里斯
出版／蓋亞文化有限公司
地址◎ 台北市103赤峰街41巷7號1樓
電話◎（02）2558-5438 傳眞◎（02）2558-5439
網址◎ www.gaeabooks.com.tw
電子信箱◎ gaea@gaeabooks.com.tw
投稿信箱◎ editor@gaeabooks.com.tw
郵撥帳號◎19769541 戶名：蓋亞文化有限公司
法律顧問／十方法律事務所
總經銷／聯合發行股份有限公司
地址◎ 新北市新店區寶橋路235巷6弄6號2樓
電話◎（02）29178022 傳眞◎（02）29156275
港澳地區／一代匯集
地址◎ 九龍旺角塘尾道64號龍駒企業大廈10樓B&D室
電話◎（852）27838102 傳眞◎（852）23960050
初版五刷／2013年06月
定價／新台幣 250元
Printed in Taiwan

GAEA
ISBN／978-986-7450-84-5

NS02
GAEA

天使戰爭 Agents of Light and Darkness

蓋亞文化 讀者迴響

感謝您在茫茫書海中選擇了蓋亞，您的支持是我們最大的動力。
不要缺席喔，讓我們一起乘著夢想的羽翼，穿越時空遨遊天地！

姓名： 性別：□男 □女 出生日期： 年 月 日	
聯絡電話： 手機：	
學歷：□小學 □國中 □高中 □大學 □研究所 職業：	
E-mail： （請正確填寫）	
通訊地址：□□□	
本書購自： 縣市 書店	
何處得知本書消息：□逛書店 □親友推薦 □DM廣告 □網路 □雜誌報導	
是否購買過蓋亞其他書籍：□是，書名： □否，首次購買	
購買本書的動機是：□封面很吸引人 □書名取的很讚 □喜歡作者 □價格便宜 □其他	
是否參加過蓋亞所舉行的活動： □有，參加過 場 □無，因為	
喜歡出版社製作什麼樣的贈品： □書卡 □文具用品 □衣服 □作者簽名 □海報 □無所謂 □其他：	
您對本書的意見： ◎內容／□滿意 □尚可 □待改進 ◎編輯／□滿意 □尚可 □待改進 ◎封面設計／□滿意 □尚可 □待改進 ◎定價／□滿意 □尚可 □待改進	
推薦好友，讓他們一起分享出版訊息，享有購書優惠 1.姓名： E-Mail： 2.姓名： E-Mail：	
其他建議：	

廣告回信 郵資免付
台北郵局登記證
台北廣字第675號

蓋亞文化有限公司 收

103 台北市赤峰街41巷7號1樓

Gaea

GAEA